JN315533

ほどき　夜逃げ若殿 捕物噺2

聖 龍人

時代小説

二見時代小説文庫

目次

夢の手ほどき——夜逃げ若殿 捕物噺2

第一話　茶器と尼さん

一

両国橋から見た大川の流れは初夏の陽光を跳ね返し、ぎらぎらと光っている。目をしょぼしょぼさせながら天秤棒を担いで早足で通り抜ける行商人がいる。商家の娘らしき数人が花の束を手に持ちながら通り過ぎる。お花の稽古の帰りでもあるのだろう。数人の子どもたちが河原に降りて、水遊びができるほど今日の江戸は天候が良かった。

それだけに喉が乾く。

西詰めの橋番屋のすぐそばにある茶屋で、ご用聞きの弥市《やいち》が座って、欠けのある茶碗を手にしながら眉をひそめていた。

「どうも近頃は千太郎《せんたろう》さんの肝いりで動いているせいか知らねぇが、茶碗やら皿が気になっていけねぇ」

ひとりごちながら、色が消えてしまった出がらしのような茶を口に流し込んだ。

弥市はさっきからとなりに座っている侍がそわそわと落ち着きがないように見えて目の邪魔になっていた。

塗り笠をそばに置いてあり、手っ甲脚半《きゃはん》に裁《た》っ着《つ》け袴《ばかま》姿はおそらく旅帰りだろう。足元は砂を被ったように埃《ほこり》で汚れている。弥市が横目で侍を見つめると、いつ出したのか底の深い茶器らしき器を手にしている。

由緒のあるものかどうか、弥市は興味深そうな目を送った。旅装の侍は、きょろきょろしながら茶器を手で引っくり返したり、回したりしている。

「あんなんで鑑賞になるのかい」

小さく囁《ささや》き侍の反応を見るような仕草をした弥市は、突然目をむいた。

「あ！　小僧！　なにをするか！」

侍のそばに五歳くらいの男の子が石を手にしてやってきたと思ったら、なんとその石で侍が持っていた茶器を思いっきり叩き割ったのである。

「げ！　なんだこの小僧は」

思わず弥市は叫んでいた。

侍は立ち上がり、とっさに柄《つか》に手をかけたが、相手が幼い子どもと思ったか、はっと息を詰めてその手を止めた。

子どもは、自分のしたことを良く理解してはいないのだろう、きょとんとした目つきで侍を見つめてから、呆然としている侍を尻目に、落ちた茶器の欠片《かけら》を拾うと猛然と踵《きびす》を返して走り去った。

侍は呆然として、その子の後ろ姿を見つめているだけだ。

弥市が子どもを目で追っていくと、若い女が待っていた。指でこっちを差しながら子どもはその女になにやら話しかけている。手から割れた茶器の欠片を渡したようだった。

いや白いものを渡している。欠片と思ったが紙のように見えた。女はにんまりと頬を緩《ゆる》めてこちらを見た。

「お侍さま……」

ぼんやりしたままでいる侍に弥市は声をかけた。

「う……な、なんだ」

「とんだことでした」

「う……」

「追いかけねぇんですかい？」

弥市が女に視線を送ると、その女は体を翻《ひるがえ》してその場から風のように消えていった。遠目のためどんな顔をしているかはっきりしないが、色白のあかぬけた女であることは感じられた。あの動きは商家の娘ではなさそうだ。武芸でも鍛錬《たんれん》しているような鮮やかさだった。

侍は、うなっているだけで動こうとはしない。弥市は訝《いぶか》しげに目を細めて、

「いいんですかい、このままで」

「……しょうがあるまい」

「それほど大事なものではないと？」

「いや、命に代わるほど重要なものだ」

「欠片がですかい？」

「……ん？」

侍は弥市を見つめた。

旅のせいか顔は黒く日に焼けていて、眉が太く精悍である。口元もきりりとしていて、ただのぼんくら侍には見えない。

「おぬし……岡っ引きか」

弥市は、へぇと頭を撫でた。

「ならば探してくれ」

「は……欠片をですかい？」

「割れたものは仕方ない。探すのはあの女ではないか」

「しかしどこの誰かもわかりません」

「女の顔には特徴があった。泣きぼくろだ」

「よく一瞬の間にそこまで見届けましたねぇ。さすがお侍さまで」

「誉《ほ》めてもなにも出ぬぞ」

「まさか……そんなことじゃありませんや。しかしあの女を見つけたところで、壊れた器は元に戻りませんよ」

「よいのだ。じつはあの茶器には大事な書付《かきつけ》が隠されていたのだ。それを取り返してほしい」

「書付……ですかい？　ははぁ……あの小僧が拾ったのが書付だったんですね。割れ物を持っていってどうするのかと思いましたが」

「そのとおりだ」

「どんな内容の書付なんです？」

「そんなことは気にしなくてもよい。とにかく探してくれたらそれでよい」

弥市はへぇ、と頷いたものの、目は得心できないと告げていた。

「ついでだが……」

侍は、割れた茶器の欠片を拾って、

「これを修復してくれる者はおらぬか」

「はぁ……いねぇことはねぇかと」

「おるのかおらぬのか、はっきりせよ」

「へぇ、います。ちょっと変わったお人がいる骨董屋ですがね。そこには職人もいるのでうまくいけば……」

「すぐ行こう」

「これからですかい？」

「儂《わし》は、渋谷《しぶや》永三郎《えいざぶろう》と申す。よろしく頼む」

頭を下げられ驚いた弥市は腰を折って、手をやくざの仁義切りのように前に出しながら、

「そんなに畏《かしこ》まれると困ります。あっしは弥市というご用聞きでして、へぇ」

「そうか、よろしく頼む」

渋谷永三郎と名乗った侍は、律義《りちぎ》に頭を下げた。

「いえ、こちらこそ……へぇ」

弥市は、何度もおじぎを繰り返していた。

永三郎は床几《しょうぎ》に置いてあった塗り傘を手にし、被らずに歩きだした。その体の動きには、茶器を壊され、さらに大事だという文を取られたという固さがそれほどない。

歩きながら弥市は渋谷永三郎をご用聞きの目で見つめた。

中肉中背で体つきに特徴があるわけではない。顔は頬が高くごつい。だが目が細くやさしい雰囲気を持っているので強面というわけではない。

腰に差している大小についてはどれほどの名品かは知らないが、汚れてはいないから手入れはされている。

「渋谷さまは旅帰りですかい」

「まぁ、そんなところだ」

「どちらからで？」

「……それはいえぬなぁ」

振り返ると、にんまりと答えた。頬が緩んで嫌みがない。

「はぁ、まぁそうでしょうねぇ。普通、そこまで教える義理はありませんや」

薄笑いをしながら、弥市は頭をかいた。

「でもなんですねぇ。お侍さんは思いの外《ほか》のんびりしてますが」

「なにがだね」

「だって、さっき大事な書付を盗まれてしまったとおっしゃっていたじゃねぇですかい」

「あぁ、まぁあれは偽の内容だからいいのだ」

「へ？　いうことがよくわかりませんが」

「あれは、私が偽に書いた内容なんだ」

「ということは本物はほかにあると？」

「ふふ」

永三郎は笑みを浮かべるだけで、はっきりとは答えない。

「それなのにさっきの女を捕まえろとはどういうことです？」

「わからぬか？」

「へぇ、さっぱりでさぁ」

弥市は首を捻《ひね》るしかない。

そんな会話を交わしているうちに、目の前に片岡屋の建物が見えてきた。

二

白い顔に少しだけ色がついて精悍になりつつあった。

それだけ屋敷にいた頃とは異なり、外を歩き回っているということなのだろう。

名を稲月千太郎《いなづきせんたろう》という。下総《しもうさ》に二万三千石。甲斐《かい》の国に飛び地として一万二千石を抱える譜代大名、稲月藩三万五千石の若殿である。

田安《たやす》家に繋がる姫との祝言を幕府から強要されたような形になり、それに反発し家老の佐原源兵衛《さはらげんべえ》に叱られながらも、

「私は夜逃げをする」

と三味線堀にある下屋敷を抜け出した。

まさか若君がそんなことをするとは夢にも考えていなかった源兵衛は、自分の息子、佐原市之丞《いちのじょう》を江戸の町に放って千太郎を探させている。

千太郎は、偽の骨董を見破ったその目利《めき》きをかわれて、片岡屋治右衛門《はるえもん》の元で仕事をしながら、江戸の市井《しせい》暮らしを始めたのであった。だが、身分を明かすわけにはいかず、自ら自分の過去を忘れてしまった男と偽っていた。

いま、片岡屋の一室でその千太郎が刀の目利きをしていたのだ。

弥市は、千太郎に目をやった。

相変わらず、のんびりかんとした表情だが、目だけは鋭く刀に向かっている。

光に当てながら唇をしっかりと閉じているその姿はなかなか清々《すがすが》しい。

弥市はどうしたものか、このどこから来たのか自分の名もはっきりわからぬ侍に魅《ひ》かれていた。そう、この千太郎という名さえ本名なのかどうか弥市には判断がつかないのだ。

一度聞いたことがある。

「千太郎さんの名字はなんです？」

「……千が名字で名が太郎だ。おかしいかな？　まぁ気まぐれでつけたのだから気にされても困るが」

にんまりとして答えた。

「いや、まぁそれならそれでいいんですがね」

まったくひとを食ったお人である。

治右衛門は、そんな千太郎を気に入ったらしく、うまく使っている。それでもどこかときどき出てくる威厳には太刀打ちできない、と嘆いている言葉を弥市は聞いたことがあった。

文句をいってるのではない。むしろそんな台詞《せりふ》を吐きながら喜んでいるのだ。

みんなこの千太郎を好きになるらしい。

ふと渋谷永三郎という侍に目を移した。

千太郎と同じようにぼんやりした顔つきで、部屋をきょろきょろと見回している。

そのたびに、ほうとかへぇとか意味不明に感嘆していたのだが、やがて千太郎の姿に目が止まった。

「失礼ながら」

「ん？　私かな」

「こちらの親分から紹介されて訪ねました、渋谷永三郎と申す者です」

「ごていねいに」

「その刀は？」

「備前《びぜん》の兼光《かねみつ》という触れ込みなのだが」

「ほう」

「どうやら偽物らしい」

「そうですか」

「第一、波紋が違う。鎬《しのぎ》が低い。切っ先も角度が微妙に違う」

「つまり、偽物と」

「そういうことです」

千太郎はにこりと笑って渋谷を見た。

微笑んではいるが、その目にはやはり光がある。ただ意味もなく見つめているとは思えない。

渋谷のほうも、なにかへらへらした風情《ふぜい》だが、一筋縄ではいかなそうな雰囲気を漂わせている。そうでなければ、初めて来た場所であちこち不躾《ぶしつけ》に見回すことなどできないだろう。

どこかお互いが相手を図っているように見えた。

弥市はやっとうはからきしだ。だからなんの話をしているのか良くはわからないが、いま千太郎が鑑定している刀は偽物、ということだけがわかった。だけどそんな顔をするわけにはいかない。少しは理解していそうな素振りも必要だ。なにしろ最近は売り出しの親分なのだ。

「へぇ、偽物ですかい。そんなものを掴まされた人は可哀想ですねぇ」

「そうならないために私がいる」

にんまりと笑って千太郎が答えた。

「まぁ、そんなもんでしょうねぇ」

弥市もにこりとして答えた。

「ところで、渋谷さん」

弥市は両国で拾ってきた侍に目を向けた。

「なにか修復を頼むという話でしたが」

「あぁ、そうであった、これですこれです」

渋谷は、懐からふろしきを取り出し、それを拡げた。茶器の残骸が出てきた。色は焦げ茶をしている。子どもが叩き割ったときに、粉々になったと思っていたのだが、いま見ると、三個に分かれていた。

ただ、割れ方は複雑である。

「これを修復するんですかい？」

弥市はそんなことはできねぇだろう、という顔をした。

「この程度ならお茶の子です」

治右衛門が自信たっぷりに答えた。

しかし、欠片を手に転がしたり、裏返したりしているのは、価値を計っているのだろう。どうせろくな茶器ではないはずだ。

だが、治右衛門の顔色がだんだんと変わっていく。

「どうしたんです？」

不審に感じて弥市が訊いた。

「いえ、これはまぁそれほど名のある陶工の作品ではありませんが、修復をしたらそれなりには値をつけることはできると思いましてね」

普段は鉤鼻で押し出しが強く、いかにも強面。どこから見ても骨董屋の親父には見えないし、なにを考えているのか、わからぬ佇《たたず》まいだが、こんなときだけは愛想がよくなる。

「へぇそうかい」

治右衛門は、

「元に戻すには少々値が張りますが、よろしいかな」

「……まぁいいだろう」

「では、さっそく工房に」

そそくさとその場から立ち去った。腰を曲げているのは、二日前にぎっくり腰になったからだと聞いていた。昨日、見回りで会ったときには横になりながらうんうん唸っていたのに、金になる話には体も動くらしい。

「ところで、千太郎氏《うじ》」

渋谷が、にじり寄った。

「改まってなんですか？」

「この親分から話を聞いたのだが、おぬしには探索の力があるとか」

「ツキがあるだけです。それに弥市親分という力強い助けがあるからでしょう」

弥市は照れるしかない。

「そんなことはありませんや。千太郎さんの謎解きの力はそんじょそこらに落ちてるもんじゃやねぇという感じですぜ」

誉めてもらったお返しという目つきで弥市は答えた。

「落ちてるとはまた言い得て妙であるな」

渋谷が微笑んだ。その顔は憎めない。

「で、渋谷さん……話を進めてくだせぇ」

片岡屋に渋谷を連れてきたのは、弥市だ。いつまでも無駄口を利いていても話は堂々巡りをするだけだろう。

「おう、そうであった、じつは……親分には話してあるのだが、この壊れた茶器のなかにはある秘密が書かれた書付が入っていたのだ」

「書付が？」

千太郎が興味津々《しんしん》の目つきで渋谷を見つめる。早く先を訊きたいのか、刀を鞘に仕舞うと、

「なにやら謎が含まれているようだ」

頭のなかが一斉に動き始めたような顔つきをしている。

「その書付の内容は、あるお家の大事な事実を調べたものが書かれていたのです」

「大事なこととは？」

「それは……」

あるご大身の跡継ぎに関することだ、と答えて、

「お家に関する内容なのでこれ以上詳しくはご勘弁願いたい」

渋谷は、そういうと頭を下げた。

旅帰りのためだろう、渋谷が体を動かすたびになにか臭いが漂ってくる。千太郎はあからさまに鼻をつまんだり、手で風を作ったりしている。普通ならそんな仕草を取るのは無礼に当たるのだろうが、なぜか千太郎がやると誰も目くじらを立てようとはしないのが不思議だ。

「ですがね、その書付には偽の内容が書かれている。だからそれを持っていった女を探せというんですよ、このお方は」

弥市は、話が途切れないように助け船を出した。

「子どもを操っていた女がいます。茶器から落ちた書付を子どもが拾って女に渡していました」

「女を探せと？」

千太郎は弥市の顔を見て、大丈夫かこの男は、という顔をする。弥市は、大きく息を吐いて、

「その女の顔には特徴があったんでさぁ。泣きぼくろです」

「惚れぼくろともいうな」

千太郎は普通の生活ではときどき素《す》っ頓狂《とんきょう》なことをして周りを驚かすことがあるのに、変な言葉は知っている。

「ほくろだけではどうにもなるまい」

そう考えるのも当然だろう。弥市は同じ考えだと頷き、

「そうなんです。それをこの渋谷さんは探せと無茶なことをいうんですぜ」

「なにが無茶なものか。あの泣きぼくろを目印に探索すれば素性くらいは知れるので

はないかと考えているだけだぞ」

「しかしねぇ……」

弥市は相手にできねぇというような顔をした。

「それをなんとかするのが江戸の岡っ引きの心意気ってものではないのか？」

「そんな真面目な顔でいわれてもなぁ……」

弥市は、しょうがねぇという言葉を飲み込んだ。

「とにかくやってみてくれないか。いくら偽物でもそれを盗まれたとあっては面目が立たぬ」

突然、厳しい顔つきになって渋谷は口をつぐんだ。

「よほどのことがあるのであろう。親分、とにかく泣きぼくろの女を探してみようではないか。両国周辺で聞き込みをしたら誰か見知りの者がいるかもしれぬ」

「へぇ、まぁそうなんですが」

余計なことをいうなぁ、と弥市はいいたかったが、

「わかりやした。ともかく動いてみることにしましょう」

「よろしくお願いする」

ていねいにおじぎをした渋谷を、弥市は面倒な奴を連れてきてしまったものだ、と

後悔しながら旅焼けをしている顔を見つめていた。

三

渋谷が立ち上がって片岡屋から出ると、千太郎は弥市を呼んだ。

「すぐ後をつけよう」

「え？　渋谷さんをですかい」

「あの浪人、本当のことを隠している」

「どうしてそんなことがわかるんです？」

「嘘をついていると思うのだ」

「いや、ですから、どうしてそう判断したのかと……」

「勘だ」

「……さいですか」

弥市はそれ以上問いただすのをやめた。問答を続けるより、渋谷永三郎なる侍をつけなければいけない。

親分、急ぐぞと千太郎は先に店を出た。弥市は慌てて草履をつっかけて千太郎を探した。伸びた背筋がすたすたと歩いて行くのですぐ見つかった。弥市は、早足で追いついた。

「どこに行くんでしょうねぇ、あの臭う侍は」

「私に訊いてもわからぬ」

「へぇ、あいすみません」

まったく千太郎と一緒にいると調子が狂う。

「泣きぼくろの女だがな……」

千太郎は、歩きながら喋り続けていた。

「なにか目星でもあるので？」

「そんなものはないが、なにかおかしいと思わぬか」

「その女ですかい？」

「渋谷永三郎とその女だ」

「いってることがわかりませんが？」

「そうか……ならばよい」

「いやいや、途中でやめねぇでおくんなさい。なにが、どこがおかしいのか教えてくれたらなんとか調べることができるかもしれねぇでしょう」

「そうか、ならばいおう。女が子どもを使ったといっておったな」

「へぇ、子どもが茶器を割って出てきた書付を拾い、それを女に渡してました」

「どうして拾わなかったのだ」

「誰がです？　あぁ渋谷さんがですかい？」

「偽物で大事な書付とは解《げ》せん」

「そういってましたねぇ」

「それに、落ちたらすぐ拾うであろう」

「はぁ、普通ならそうです」

「相手は子どもだ。すぐその場で押さえつけることだってできたはずではないか」

「書付を取り返すこともできたはずですぜ」

「ほら、おかしいではないか」

「はぁ……なるほど」

弥市はようやく得心顔を見せた。だけど千太郎に指摘されるまで気がつかなかった俺も焼きが回ったかと頭を叩いていると、

「親分、消えた」

「え？　あっしはここにいますが」

「なにをいうておる、渋谷永三郎が消えたのだ」

「あ！」

大の男が消えるわけがない。ふたりで喋っているうちに目を離してしまったのだろう。その間に、渋谷永三郎はどこかに紛れてしまったに違いない。どじな話だと弥市は慌てたが、それでも自若としている千太郎の後ろを歩きながら、

「どうしましょうか」

「少しこのあたりを探してみよう」

「いますかねぇ」

「まぁそう楽には見つかるまいな」

他人事《ひとごと》のようにいう千太郎に、弥市は白け顔をする。

喋りながら歩いているうちに、けっこう進んできたらしい。周りを見回してみると、片岡屋のある山下から不忍池《しのばずのいけ》に来て、池ノ端《いけのはた》を過ぎるところであった。このまま真っ直ぐ進んでいけば、根津に出る。

根津からさらに奥へ入ると、田畑が多くなる。まだそこまで行ってはいないだろうが、いずれにしても見つけるのは難しい。この界隈は出会い茶屋などもあり、そのような店に入られてしまったら一巻の終わりだ。

不忍池は、初夏の陽光に水を光らせて、水鳥が水面に顔を出したり隠したりしている。餌《えさ》を探しているのだろう。弁天島にあるお堂の屋根が光り輝いていた。

「……どうします？」

渋谷をつけるのが目的だったはずなのに見失ってしまっては、やることがなくなる。

弥市は千太郎がどんな言葉を発するか待った。

「あちらから見つけてくれたらしい」

「え？　なにがです？」

この人はいつなにをいいだすかまったく予測ができない。渋谷永三郎が戻ってきたのかと思って周りを見渡してみたが、そんな姿はまったくない。しかし、その代わり高級そうな着物を着た白髪頭、白髪眉毛の男がそばに寄ってきた。どうやらこの侍の話だと弥市も気がついた。

「そつじながら」

堅苦しい言葉使いで千太郎に呼びかけた。

「私かな？」

千太郎は、そのぼんやりした顔を白髪頭白髪眉毛の男に向けた。驚きもなければ警戒のかけらもない。まるで家来に対するような態度である。

弥市は冷や冷やしながらふたりのやり取りに注目した。

「片岡屋で目利きをしているいる千太郎というお方とお見受けいたすが」

「ふむ。そのとおり」

「ははぁ……なるほどお聞きおよびしたとおりですな」

「なにがです」

「いえ……こちらの話で」

「用がないなら失礼する」

すたすたといま来た道を戻り始めた。

「お待ちくだされ」

慌てて白髪頭に白髪眉の男が回り込んで、頭を下げている。身なりや態度から察するにおそらく大身かあるいはお歴々。でなければ、地方の江戸詰め。それもかなりの身分だろう。そんな侍に一歩も引くことなく対応する千太郎も凄い、と弥市は舌を巻くしかない。

「待てといわれたら待つが。用事はなんだ。人違いのようでもなさそうだが」

「はい、間違えてはおりません。片岡屋の千太郎さまにお声をかけています」

「面倒は嫌いだ。早く用事を申せ」

「は……」

　まるで主従のようだ。

「じつは……お願いの儀がありまして。この往来では少し話しにくいのでそのあたりの料理屋などで話しができればと存じますが」

「ほう……人には聴かれたくないような話という意味だな」

「いやはや……率直にものをいうお方です。そのように受け取っていただいてかまいませぬ」

「よかろう」

　千太郎は、どこに行こうとしているのかさっさと歩きだした。

　ちょうどその頃、山下界隈を歩いていたのは佐原市之丞だ。まさか同じ頃合いに千太郎が歩いているとは夢にも思わない。

　正月の片岡屋で市之丞はひどい目にあわされたのを忘れない。

　ようやく片岡屋という骨董屋に藩邸から逃げ出した千太郎君がいることを突き止めたのに、いざ訪ねていくと半分遊ばれてしまい、とうとう三河万歳《みかわまんざい》の仲間にされてしまった。あんな屈辱を受けたことはない。

今度は間違わずに千太郎君を屋敷に連れて帰らなければならないのだ。

だが、一筋縄でいくようなお方ではない。

市之丞と千太郎は乳兄弟《ちきょうだい》で育ったから、小さき頃の若殿の素行はよく知っている。悪戯好きで不思議好き。さらに謎解きが大好きで、たまには長屋で暮らす家臣たちが読んでいる草双紙《くさぞうし》にまで目を通したり。

大殿は、そんな千太郎君を可愛いと甘く接するから本人はどんどん増長するのだ、というのは父、佐原源兵衛の口癖だった。

そもそも祝言前に屋敷を夜逃げするなど、普通なら考えられない行動だろう。それをやり通してしまうのは、ある意味ただの凡庸な若君ではないということになるのかもしれない。

しかし、そんなことで頷いているわけにはいかないのである。

なんとかして呼び戻さねば。

そんなとき、市之丞の頭のなかで渦巻いているひとつの事柄があった。それまで市之丞のなかでは予測だにしたことのない感情が湧き出てしまっていたのである。

あろうことか、ある娘に心が奪われてしまったのだった。

両国を歩いているときにぶつかったふたりの娘がいた。おそらく武家娘であろう。

その娘は、主と思える若い娘の供に見えた。言葉使いが偉そうなのは、ご大身などの身分のせいか。

そのそばで、楚々としながらそれでいて芯の強そうな目を持ち、主の危険には体で飛び込もうという覚悟も感じられるような娘であった。

あのふたりは何者なのだろうか。

梅の季節には白梅で知られる木母寺《もくぼじ》を中心とした向島《むこうじま》まで足を延ばしてみた。湯島にも足を延ばしてみた。

春は花見で賑わう墨堤《ぼくてい》や上野のお山などを徘徊してみたが、姿を見つけることはできなかった。

今度会ったら、名前を訊く。

どこの屋敷の者かを訊く。

ひとりで出てこれないかと訊く。

いろんなことを考えながら、市之丞はいま山下から不忍池に向かっていた。

根津まで足を延ばそうかという道筋で、弥市という岡っ引きの背中が見えたような気がした。

市之丞は、駆け足で人込みを掻き分けていった。弥市がいればたいてい千太郎君がそばにいるということを学んでいたからだ。

だが、不忍池から池ノ端あたりに進んでいった頃、弥市の頭が見えなくなった。

市之丞は、見失った場所まで走った。

すると、弥市の姿はなかったが、千太郎君の後ろ姿を見つけたのだ。背筋はぴんと伸びて、形のいい歩き方。間違いないと市之丞は拳を握った。

だが、そのそばには市之丞の知らない侍がいた。

ひとりではない。数人の目つきがあまり良くない侍が後をつけるように歩いていたのを見たのだ。

市之丞は緊張して、また拳を握った。

千太郎君が危ない。おかしな連中に囲まれている――。

市之丞は、助けるべく早足になった。

しかし、また消えてしまった。地に潜るわけはないから近所の店にでも入ってしまったのだろう。そうなると、しらみつぶしに店を訪ねるしかない。いくらなんでもそれは無理だ。

市之丞は仕方なく、その場に立ち尽くした。

池ノ端の通りから若い娘の笑い声が聞こえてきた。

あっと思って横丁にある店のあるほうへ走り寄ったが、その顔はまるで違う娘たちの集団であった。

市之丞はすごすごとまた表通りに戻るしかなかった。

四

千太郎は弥市に途中から離れるように伝えていた。

侍たちに囲まれていることに気がついたからだった。

弥市が音もなく離れていったのを確かめ、千太郎は頭も眉も白い男に対面して、

「さて、どこに行くのかな？」

しれっとして訊いた。ただし頬を緩めるのを忘れない。

その言葉に、男は目を丸くする。千太郎の動きを見てどこか懇意の店に連れて行ってくれるのではないかと誤解してしまったらしい。小さく口を歪めた。その表情は卑しく見えた。

「いや、私はこのあたりのことはまったく知らぬのだ」

「では、先に歩きだしたのは？」

「たまたまだ」

「まさか……」

白髪男は、ちらっと周りにいる部下らしき男たちに目を向けた。髭の剃り跡が青くなっている男が前に出て来て囁いた。白髪男はうんと頷き、千太郎に顔を向けた。

「では、私たちが普段使っている船宿でよろしいかな？」

慇懃《いんぎん》な態度で尋ねた。

千太郎はよろしい、と答えた。

「では……」

部下らしき男が、千太郎に目を合わせてこちらへ、という合図を送った。

青い剃り跡男は肩を怒らせながら先導していく。その威張った行動に千太郎は苦笑する。まるで威張り散らした猿に見えた。

「千太郎さまは、どちらのご出身ですかな？」

「ううむ、それを訊かれると少々辛い」

「はて、それはどういうわけですかな？」

「あちこちだからである」

「ほう、あちこち……ですかな」

納得したのかしないのか、白髪男はそこで質問はやめた。たいして気にしていないのだろう。黙って歩くより話の接ぎ穂が欲しかったに違いない。歩く間、手持ちぶさたなのか、頭に手をやったり、首をかいたりと忙しかった。

そんな仕草を見て、千太郎は、ふふっと鼻で笑っている。

墨堤を歩いていくと、大川沿いに海鼠塀《なまこべい》が見えてきた。なかなか大きな構えである。目的の船宿なのだろう。船着き場があり屋根船が並んでいた。

「あの船でいかがでしょうか」

「私はかまわない」

千太郎は、微笑んで見せた。

「断られたらどういたそうかと思案しておりました。安堵いたしました」

千太郎はまた人懐こい笑いを見せる。

部下のひとりが早足で、船宿に向かった。船出の相談にいったに違いない。

千太郎は取り巻く連中にじっと目を配っている。少し離れていた連中もいたので、数がはっきり把握できなかったからだ。

屋根船に向かった数は、総勢五人であった。そんな人数で千太郎を囲んでいたのだ。

千太郎はこれは厄介なことに巻き込まれそうだ、という顔つきを見せたらしい。白髪

男が寄ってきて、

「なにかご不満でもありましょうか？」

「いや……私を囲んだ者が五人もいたので驚いたのだ」

偉そうな千太郎の言動にも、白髪男はしかつめらしい対応をしている。

「それは失礼なことをいたしました。初めから人数を教えておくべきでありましたな」

「なに、くるしゅうない」

「………」

千太郎の他人を上から見る様が、いかにも慣れたような態度に、白髪男は口を歪ませる。

「私の言葉使いはよくおかしいといわれるのだ。あまり気にしないでもらいたい。なにしろ自分の過去を忘れてしまったのだからな。それゆえ先ほど、出自《しゅつじ》を訊かれて困ったのだ」

「はぁ、そうでございましたか」

その言葉を信じてはいなそうな目つきで白髪男は、かすかに頷いた。

千太郎は、屋根船に目を移した。

「今日は、好天ゆえ船は気持ちよさそうだ」

「風もないので揺れも少ないでしょう」

「ふむ」

手を組んで懐手《ふところで》になり、

「難しい話はやめてもらいたいぞ」

「いえいえ、そんなやっかいなことではありません。千太郎さまならあっさりと解いてくれることでしょう」

「ほう、謎解きであるか」

「まぁ、そのような内容だと考えていただければそれでよろしいかと」

「あいわかった」

千太郎は白髪男をじっと見つめた。すると、すぐ目が泳ぎだして、千太郎から目を逸《そ》らしたのであった。千太郎は、ふたたび胡散《うさん》臭げに白髪男を睨んだ。

「なにか私の顔についていますかな？」

「わはは、いやなかなかの二枚目だと思うてな」

千太郎はにやにやしている。

ごまかされた、という顔つきで白髪男は苦笑するが、それ以上はなにもいわなかった。

そこに、髭剃り後の青い侍が近づいてきて、用意ができたと伝えた。

白髪男は頷き、千太郎を促した。

千太郎は、誘われるままに川筋に降りて船着き場から屋根船に乗り込んだ。まだ川風は冷たかった。簾がついているだけでは風は容赦なく船を掠《かす》める。千太郎は肩をすくめながら船べりに座った。

前に白髪男が乗り込んだ。五人全員が乗り込んで来るかと見ていると、船に足をかけたのはふたりだった。白髪男と青い剃り跡男だ。

三人が座ると、船頭の出しますという声が聞こえた。

千太郎は船はそれほど得意ではない。だがそんな素振りは見せない。

「いい日和《ひより》ですな」

「……それより、おぬしの名をまだ聞いておらぬが」

「そうでございました。失礼いたしました。私は、小林大吾《こばやしだいご》といいまして……」

大身、五千八百石、小林家の分家だと答えた。

「なんだ分家か。だが五千八百石とはたいそうなものだ」

千太郎はわざと失礼ないいかたをして、反応を窺った。

だが、大吾は意に介さず、

「いまお家で世継ぎの問題が起きております」

「ちょっと待て」

千太郎は手で制した。大吾は、びっくりした顔をする。

「は、なにか失礼でもございましたか」

「違う。そんな大事なことを私に話してしまっていいものなのか、それを聞きたかったのだ」

「あぁ、そうでしたか。それならご安心ください。片岡屋の千太郎さまというお方はなんでもかんでもべらべらとおしゃべりするようなお方ではありますまい」

値踏みするような目つきで千太郎を見た。千太郎は、この男は食えぬと思いながら頬を緩める。

大吾は続けた。

「ですから、千太郎さまを信頼し、話をさせていただくわけです」

「たいそうな信頼だな」

「裏切られたときにはまたそれなりの用意もしてありますれば……」

千太郎はとうとう尻尾を出したかという顔つきを見せた。

大吾は怯《ひる》まずに話を進める。

「小林家には男の子がひとりいましたが、家督を譲ろうとしたのに病死してしまいました。そこで養子を取ろうとしたのですが、当主の小林信一郎《しんいちろう》さまは、自分が若いときに、領地の娘と情を通じたことがあり、その娘が男の子を産んでいる、ということでした」

「で、その子を連れてきたということだな」

「当主の言葉を信じて一応は召し上げたのですが」

「疑わしいと？」

「その子は主とは血が繋がっていないという疑いが出てきたのです」

「ほかの男が父親だと？」

「噂ですが……」

「どこから出た話なのだ？」

「領地は上総《かずさ》のほうにあるのですが、周辺から出てきた話です」

「相手の父親は？」

「だいぶ前に病死したので、真相を摑むことはなかなかできません」

「難しい話だな」

はい、と大吾は青い剃り跡男が用意したお茶をすする。

「渋谷永三郎が動いていたのはそのためなのです」

「というと？」

「その子が生まれた上総に行かせて徹底的に調査をさせました。その結果を渋谷が持って帰る予定だったのです」

「ほう」

「しかし渋谷から、当主の子どもだという証の書付を盗まれたという話を聞かされました」

「それはさっそくのことだな。渋谷にそんな繋《つな》ぎをつけられる暇があったとは知らなかった。つい先ほど起きた話だと思っていたが」

「それは、渋谷が私どもの部下と会う約束をしていたので、そこで教えられたのでございます。不思議はありません」

「ふむ」

千太郎は背筋を伸ばし、大きく呼吸を数度おこなった。

「なるほど。ということは渋谷永三郎なる者が私のところに来たことも知っていたということになるな」

「もちろんでございます」

「油断ならぬなぁ江戸というところは」

わっはははと大げさに千太郎は口を開けた。

「で、私になにをしろと？」

「はい……当然、盗まれた書付は当主に渡ることでしょう。その前に取り返したいのです」

「すでに渡っているのではないか」

「それならそれを盗み返したいのです」

「なぜそんなにその書付が重要なのだ。それは偽物なのであろう」

「それは千太郎さまも武士ですからおわかりのはず。お家を継ぐというのは血を繋ぐということでもあります。それに偽物でも内容が問題なのです。本物の子どもだというお墨付きなのです」

「はて、おかしな話だ……それに養子ならそれでいいではないか。そのようにして家を守っている者は少なくないぞ」

「それはそうですが」

千太郎は大吾の体がかすかに揺れていることに気がついた。なにか隠そうとしている仕草に違いない。

「おぬし、なにか隠してはおらぬか？」

「い、いえ、そのような」

大吾の額に汗が滲みだした。船が揺れているせいだけではなさそうだった。千太郎は、じっくりと大吾の言葉を待った。しだいに呼吸が荒くなり始めた、千太郎はその機を待っていた。

「おぬし、子どもは？」

「は……あぁ……まぁ」

「なるほど、自分の子を当主にしようという魂胆か」

「そんなことではない。どこの馬の骨ともわからぬ男の子に家を継がれたら困ると、お家を考えて調べたのだ」

「……まぁいいだろう」

「まずは書付を取り返してもらいたい」

「誰からだね」

「渋谷から書付を奪ったのは、おそらく本家の腰元に違いない。それを奪い返して欲しい」

「ならば渋谷永三郎なる者がやればいいのではないか。ほかにもおぬしの家臣がおるのではないか」

千太郎は、じっとそばで侍《はべ》っている青い剃り跡侍を見た。大吾は首を振って、

「うちの者は、本家筋にも顔が割れておる。すぐばれてしまうであろう。それでは、相手にこちらの行動を知られてしまう」

「なるほど……私に盗っ人をやれというわけだな」

「そうではありません。真実をあばく味方をしてくれと申しておるのです」

「ふ……うまいことをいう」

千太郎は、にんまりとして大吾を見つめる。大吾は、その長い眉毛を指で撫でて少ししかめ面をしたが、すぐ元の表情に戻って、

「なにぶん、お家の先行きがかかっておるのだ。よろしくお願いしたい」

慇懃に頭を下げた。

その拍子に船がぐらりと揺れた。

五

弥市は、小林大吾から頼まれた話の内容を聞いた。

「どうしてそんなつまらねぇことに首を突っ込むんです？」

千太郎はうふふと笑っただけで、その理由については答えない。弥市は、首を傾《かし》げるがどうせ答えてはくれないだろう。途中で問うのはやめた。

千太郎は、小林家の内実を調べてくれと弥市に頼んだ。特に泣きぼくろの女がいたらその動きをしっかり見張っているように念を押す。

どこの誰に会いに行くかそれを知らせるだけでいいという。弥市は、なにか策があるのだろう、と考え、頷いた。

さらに千太郎は弥市に徳之助《とくのすけ》を連れて来てくれと頼んだ。

徳之助というのは通称、昼寝の徳といい弥市の密偵のような仕事をしている男で、女に取り入るのがやたらうまい。ときどきその力を使って思いがけないネタを仕込んで来ることもあるので重宝《ちょうほう》な男だ。

弥市は徳之助に使いを出して千太郎が呼んでいる、と伝えた。

小林家の屋敷は飯田町の神田川沿いにあった。

弥市は泣きぼくろの女が出てくるのを見張り始めた。

千太郎は、徳之助に会うと、にやりと笑って、

「ふたりで盗っ人をやろう」

「なんですかい、いきなり」

徳之助は女にもてそうな色悪な顔で笑っている。密偵のような仕事をしている連中なら普段は目立たぬ格好をしているものだが、この男は型破りだ。女が着そうな派手な朱の入った帯を巻き、羽織の裏地には金糸で編んだ富士の山にかぶさり、若い女の横顔が描かれている。

なにかの拍子にその絵を見せて相手を驚かそうとしているのだ。

千太郎にもその裏地を意味あり気に見せて、にやりとしている。

「盗っ人は嫌いか」

「……好きとか嫌いとかいう前になんのためにやるか、それが問題でさぁ」

色男が不敵に笑うと凄みが出る。

「いま話をするからまぁ待て」

目を細めて千太郎は徳之助に説明を始めた。

聞いている途中から、徳之助の目つきが変わった。

「女が絡んでいるというのは面白ぇ」

羽織をぱたぱたやりながら、答えた。

「盗っ人に入るのはいいんですがね、ただ入っただけでは捕まるかもしれやせんぜ」

「私がその役をやる」

「そんな」

「いや、まぁ適当に逃げるから心配するな。私が捕まっている間に徳之助は文箱《ふばこ》なりなんなりからその書付らしいものを探せ」

「本当にあるんですかねぇ」

徳之助は、顔をしかめた。

「心配するな、必ずある」

「どうしてわかるんです？」

「お家騒動というのはそういうものだ」

「へぇ。千太郎さん、あんたもそんなお家にいそうな雰囲気ですが……」

「私のことはどうでもよろしい」

「あいすんません」

千太郎は、わざと物音を立てて敵を引きつけるから、その間に探せ、と徳之助に命じた。

そして数日後。

千太郎は徳之助と飯田町にある小林家の本家に忍び込んだ。

武家屋敷は敷地が広いせいもあり、警戒を破るのは容易だ。徳之助は、いとも簡単に入り込んでいく千太郎に不審な目を向けている。

「千太郎さん、前にも忍び込んだことがありそうなほど楽に入り込んだもんだ」

ふふっと千太郎は笑みを返した。

庭には木々が植えられている。それが身を隠す絶好の場を作ってくれているのも幸いした。

千太郎は、周囲を見回し、たいした警戒がないことを確認した。

世継ぎ問題が起きているとしたらもっと警護など、守りを固めなければいけないのではないか、と千太郎は苦笑いをする。武家など、この程度のものなのだ。

縁側から踏み石を使って廊下に上がった。

障子戸の奥にある座敷からほんのりと明かりが漏れて、影が見えている。

「千太郎さん……人がまだ起きていますす」

「よく見ろ、船を漕いでいる」

影がゆらゆらしているのだ。

「まったく不用心《ぶようじん》ですねぇ」

徳之助は呆れ顔をした。これが武家屋敷かという顔つきをするが、千太郎は普段と変わりのない表情で、

「行くぞ」

と促した。

廊下は左右に分かれている。徳之助はどうするかという顔を千太郎に向けた。ついてこい、と口で告げた。徳之助は頷く。武家屋敷に関しては千太郎にまかせたほうがいいと得心したらしい。

おそらく、大事なものは書院に置いてあるはずだ。進みながら廊下の曲がり具合などを推し量る。

「徳之助……こっちだ」

どうして知ってるのか、とはもう訊いてはこなかった。徳之助は黙って後をついてくる。何度か廊下を曲がっていくと、

「ここだ」

千太郎は指さした。徳之助は、へぇという顔つきをする。感心しているのか、疑っているのか判然とはしないが、

「私は、ここから離れたところで音を立てるなり、自分から騒ぐなりして見つかるから、その間に探すんだ」

「見つかりますかねぇ」

「見つけろ」

「無茶なことをいうなぁ」

肩を動かしながら、徳之助はちらっと周囲を見回して、じゃ、といって障子戸を開けた。

「五十数えろ。そうしたら私が騒ぐ」

「へぇ、五十ですね」

にやりと徳之助は笑って、座敷のなかに足を踏み入れていった。


徳之助は書院に入った。

川が近いせいか、ちゃぽちゃぽという水音がかすかに聞こえる。徳之助は一瞬その音が誰かの足音に聞こえた。けっこうぴりぴりしているらしい。なにしろこんなお屋敷に潜り込んだのは初めてだ。千太郎というお人はとんでもないことを考え出す、とひとりごちながら、座敷を一度ぐるりと見回した。文箱がどこにあるか予測をつけようと思ったのだ。床の間の横に違い棚があった。

だが、一輪挿《ざ》しがあるだけで、徳之助には意味がない。

その上に天袋《てんぶくろ》があった。

そこにあるかもしれない。徳之助は戸を開いた。

なかった。

ふたたびぐるりと見回すと戸棚に目がいった。

すぐ開いてみた。

やはり、ない。

本当にここにあるのだろうか、と徳之助はだんだん不安になってきた。いくら千太郎が武家屋敷の造りに詳しいとしても、他人の考えまで読めるわけではない。ましてやそんな大事な書付を誰でも手が出せるような場所に置いておくわけがねぇだろう、と自棄《やけ》になり始めたとき、

「待て！」

遠くから怒声が聞こえた。

千太郎が騒ぎを起こしたのだろう。ばたばたと走り回る足音が響く。ぎゃ！　っという叫びも聞こえてきた。

徳之助は、なんとかいまのうちに見つけ出そうと焦りを感じた。

こんなときに慌てると、見えるものも目に入らなくなるものだ。徳之助は、一度大きく呼吸をしてもう一度座敷を隅から点検していった。

すると、無造作に文机《ふづくえ》の上に置かれてある手文庫で目が止まった。

まさかとは思ったが、開けてみた。

何種類かの書付がそのなかで重なっている。こんなところにはあるわけがないとは考えたが、確かめてみようと一枚ずつ開いていった。

上から三枚目の書付は染みがあり、陽に焼けたようになっていることに気がついた。不審に思って二枚に折られている文を拡げた。

なにやら難しい文字が書かれてあり、最後に花押《かおう》があった。

これだ、と徳之助は袂《たもと》に押し込んだ。

遠くからはまだ怒声や走る音が続いている。逃げるならいまのうちだ。

徳之助は、廊下に出て庭に降りた。

さっき潜り込んできたところとは場所が違うが、ある程度の見当はついた。徳之助は塀に辿り着き、そばにある木に登った。忍び返しがあったが、そんなものはたいして役には立たない。徳之助は、塀を飛び越えて地面に降りると、そのまま片岡屋までひた走った。

六

千太郎が書付を読むと、そこには高井戸宿《たかいどじゅく》にある尼寺にいるのが母親だ、と書いてあった。現当主から渡されたお墨付きである。渋谷は母親を探し当ててこのお墨付きを借りてきたのだろう。

これで跡継ぎは問題がなくなったことになる。つまりこのお墨付きがあることによって、大吾たちの計画は水泡《すいほう》に帰すことになるわけだ。

「おそらく大吾たちは確かに当主と血の繋がりのある男の子だと知っていたようだな。だから偽物だなどと話をでっちあげたのだろう」

千太郎は、呟いて弥市を見た。

「はぁ、渋谷にそれを盗ませ、偽物だということにして自分の子を世継ぎにしようと画策したんですね」

「そんなところであろう」

そこに徳之助からの使いという男がやってきた。小さく畳んだ文を渡された。弥市がそれを開くと、なかには泣きぼくろの女が屋敷から出てきた、と書かれてあった。

さらに、遠出をするような格好をしているというのである。

弥市はすぐ千太郎にどうするか、と目で誘った。

千太郎はなにもいわずに立ち上がった。

「高井戸宿だ。書付を盗まれて動きだしたな」

遠出をするとしたら、世継ぎの母親がいる場所だろうとは弥市でも予測はついた。

高井戸宿は内藤新宿から甲州街道を行くと最初の宿場である。上中下と宿場町が立っていて、そのどこに尼寺があるのかはっきりはしない。

千太郎は行けばわかる、といとも簡単に弥市の疑問に答えた。このさっぱりした性格は自分の身の上をもわからぬためか、それとも生まれたときから備わったものなのか。弥市がじっくりと見ていると、

「どうした、そんな犬が餌を目の前にしたような顔をして」

「なんですかそれは。よくわかりません」

「わからずともよい。とにかく行くぞ」

弥市は、すっかり千太郎の手のひらの上で玩《もてあそ》ばれている。

内藤新宿に着くと、人馬一体の臭いがすさまじい。千太郎は鼻をつまみたそうな顔

つきをしながら、歩いていく。すると、急ぎの駕籠が通り過ぎていった。垂れが上がったままで顔が見えている。千太郎が弥市の顔を見た。

「泣きぼくろの女だ」

「え？　顔が見えたので？」

「ほくろが見えたような気がした」

弥市は呆れるしかない。

「そんなあいまいなことで決めつけていいんですかい？」

「心配はいらぬ。ちゃんと見えた」

「どっちなんです？」

「おそらく見えた。いやたぶん、間違いない」

「いってることがわかりませんや」

それでも、そういわれてみると弥市は一度両国で女の顔を見ている。弥市は追いかけようとして、千太郎に止められた。気がつかれたら困るというのだが、

「しかし、女はあっしたちがどうしてこんなところに来ているのか知りません」

「そうか、なら顔を見てこい」

千太郎にいわれて、弥市は駕籠を追いかけ、さりげなく乗っている女の顔を確認し

た。両国では遠目だったのではっきり見てはいないが、なんとなく輪郭や目の印象などは覚えている。渋谷永三郎の茶器が割れたときにいた女のように見えた。泣きぼくろもしっかりあった。

弥市はしだいに遅れるふりをしながら、千太郎が来るのを待って、

「やはりあのときの女だと思えます。泣きぼくろもしっかり見えました」

「そうであろう」

千太郎は鼻をひくひくさせる。

「離されないようにつけよう」

弥市は、へぇと腕をまくった。

甲州街道は荷馬車が多く見られた。世田谷村《せたがやむら》で取れた野菜などを運んでいるだけではない。肥料とする肥《こえ》などまで運ぶ荷馬車が多いのだ。それだけにいろんな臭いがして歩くのも大変である。

初台《はつだい》、笹塚《ささづか》などの一里塚を通り過ぎて、ようやく高井戸宿に入った。

このあたりは宿場町といってもしっかりした旅籠《はたご》はあまり建ってはいない。近在の農家が兼業しているのだ。もともとこの道は真っ直ぐ行くと府中《ふちゅう》に出る。ほとんどの

旅人はそこまで昼の間に行くので、利用する旅人も少ないのだ。肥だめのような臭いのするなかを、千太郎と弥市は歩き続けた。

駕籠はまだ止まらない。

弥市は歩き慣れているので、足は気にならないのだが、千太郎はどうなのかと見ると、少し引きずっているように見えた。

「千太郎さん、足は大丈夫ですかい？」

顔が歪んだ。痛いらしい。最悪の場合は自分だけが追いかけるかと考え始めたとき、

「駕籠が街道から外れたぞ」

千太郎の言葉に駕籠を探すと、確かに右に曲がっていく。

「目的地は近いぞ」

千太郎は足首をくりくり回している。

「行きやしょう」

弥市は、千太郎を促した。見失ってしまったら元の木阿弥《もくあみ》だ。千太郎は足を少し引きずりながらも、歩きだした。

風が強くなってきた。砂ぼこりが舞い上がり、目や鼻の邪魔をする。千太郎も弥市も袖で口を押さえながら、駕籠から離れないように追いかけた。駕籠かきたちも下を

向きながら進んで行くのが見える。

しばらく進むと原っぱに出た。小さな門が見えるから、どうやらそこが目的の寺らしい。

弥市が千太郎の袖を引っ張ると、うむ、と答えて足を止める。

雑草で体が隠れるようにしゃがんだ。

駕籠から女が降りた。やはりこの寺に母親がいるのだろう。女が母親に会いに来たのにはどんな目的があるのだろうか、と弥市は考えた。おそらく、書付が本当かどうか確かめに行ったのだろうが、そんなことをしたら、敵にもばれるのではないか。

なにか女の動きがおかしい、と弥市は不審に思う。

千太郎を見ると、眉をひそめている。同じようなことを考えているのだろうか。

「女がここに来たのはおかしくねぇですか？」

「そこだ、いま私も罠《わな》ではないかと考えていたところだ」

「あ、罠か……」

弥市は、そこまで頭は回っていない、と答えた。

「逃げますか」

「ここまで来てそれはあるまい。親分はここにいろ。ちょっと突ついてくる」

「なにをするんです」

「あの寺に押し込む」

「そんな。あっしたちをおびき出す手かもしれませんぜ」

「それならそれではっきりするからかまわん」

大胆な行動を取る、と弥市は肩をすくめた。

千太郎は、弥市にはここで待っていろと告げてすっくと立ち上がると、すたすたと寺に向かっていった。真正面からぶつかるつもりらしい。弥市はただ待っているのも芸がない。

そっと後をつけていった。

寺といっても本堂はそれほど大きくはない。人が数人入るとそれだけでいっぱいになりそうだ。正面に祀られているのは、千手観音《せんじゅかんのん》らしい。千太郎は、本堂から裏のほうに回っていく。弥市も後をつける。

裏側には小さな池がありその周りには芝生が植えられ、数本の木が立っていた。

そばに庫裏《くり》があった。

はっきりは聞こえないが、人の声がしている。

千太郎は、庫裏にずかずかと入っていく。背筋はぴんと伸び、まるで警戒している様子はない。その大胆さに弥市は目を丸くする。

弥市はそっと庫裏の裏側に回った。勝手口のような戸があった。弥市はそこからなかに入り込んだ。

板の間があり、その奥に座敷がある。弥市は板の間の陰に隠れてなかの様子を窺った。

ふたりの女が座っていた。ひとりは尼さん。もうひとりは泣きぼくろの女だ。

千太郎がなぜか上座に座っている。

弥市は目を疑った。千太郎はどんな場面でもすぐ慣れ親しんでしまうという風変わりな力を持っているらしい。

三人の会話はかすかに聞こえてくる。

やがて尼さんが泣き始めた。

泣きぼくろも涙を流している。

千太郎だけは微笑んでいた。

三人が立ち上がった。

「そこに隠れている親分、出かけるぞ」

ばれていた。

弥市は、へぇすんませんと頭を下げながら顔を出した。

七

「どうなってるんです？」

弥市は千太郎に尋ねる。

「あの母親を世継ぎに会わせる。そのためにあの泣きぼくろの女、お冴《さえ》という名らしいが、お冴がここまで来たのだ」

「へぇ……それはいいんですが、あの泣きぼくろの女は何者です」

「やはり本家の腰元ということだったな」

「たったひとりでこんなところまで来るとはたいした度胸ですが、どうも頷けねぇ」

「なにがだね」

「尼さんは、お世継ぎの実母なんでしょう？　ならもっと大勢で迎えにくるもんじゃねぇんですかい」

「それだと目立つだろう。女ひとりのほうがむしろ安全ということもある」

「そうですかねぇ」

弥市は首をすくめながら、

「渋谷永三郎という男はその女を狙っているんでしょう？　それなのにひとりで動くとはやはり解せねぇ。本人はどう思っているんでしょうねぇ。それに千太郎さんはどっちの味方なんです？」

千太郎は、あははと笑いながら、

「どっちの味方でもない。正しい者の味方だ」

「正しいというのは？」

「おそらく本家……」

「はぁ、そうなんですか」

弥市は半分しか納得できないような顔をした。

女ふたりは辻駕籠に乗っている。千太郎と弥市は歩きだ。街道に出ると、また荷馬車が多い。馬糞の臭いがして千太郎と弥市は鼻をつまむ。駕籠に乗っているといっても垂れがなく女ふたりもときどき、手で鼻を覆っている。

「で、あの尼さんがその世継ぎというお人の母親なんですかい」

「そうらしい」

「なにか確証があるんですかね」

「あの書付だろう。花押があるのだから間違いない」

「はあ。でも、その分家側がそのまま黙ってるとは思えませんが。偽物だといって押し通そうとするのではありませんかい？」

「問題はそこだな」

そういうと千太郎は厳しい目つきになった。

道は直線のところからゆるやかな曲がりが見えてきた。見通しが悪くなる。

こういう場所では物取りなどが出る場合がある。弥市は周囲に目を配った。

と、前方に大きな木が数本立っていて、人影がちらちら見え隠れしている。その動きはどこか剣呑《けんのん》だ。なかには鯉口《こいぐち》に手をかけている者も数人見えていた。おそらくこちらを襲う魂胆だろう。

「千太郎さん……これはいけねえ」

うむ、と千太郎も気がついているらしい。

やがてばらばらと数人が駕籠に向かって走ってきた。すでに刀を抜いた姿も見えている。顔を隠しているわけではない。

「分家の連中のようだ」

千太郎が苦々《にがにが》しい顔をする。

「あれ？　あの先頭にいるのは渋谷さんですぜ」

「うむ」

「逃げますか」

「いや」

そういうと千太郎は駕籠を止め、女たちを駕籠から下ろさせた。

「あの陰に隠れて……」

尼さんと泣きぼくろの女は、はいといって道端から離れた。

襲ってきた侍の数は七人いる。若いのもいればけっこう年配の侍も交じっていた。

「おや、渋谷さん」

千太郎は目の前に立った渋谷永三郎にまるで旧知の者と雑談でもするかのごとく話しかけた。

「ははぁ妙なところで会いましたなぁ」

「私たちをつけていたのかな」

「いえ……そんなことはしてませんよ。私はあの書付を読んでいるのですから」

「なるほど、それならもっと早く尼さんを連れ去ることができたはずだが？」

「そうですねぇ」

渋谷は、にやりと笑うと、仲間たちを見回して、

「まぁ、機会を狙っていたということになるでしょう」

「どんな機会だね？」

「こういうまとまったときがくるのを待っていたんですよ。分家側に立つ連中の顔ぶれがよくわからなかったもので。金で本家から寝返っている連中がいるという噂がありました……」

「ほう……」

千太郎は少し驚いた顔をしたが、にやりと微笑んだ。

「なるほど……そういうことだったのか」

弥市にはさっぱりふたりのやり取りがわからない。

集団の後ろのほうから、恰幅のいい侍が前に出てきた。髪も眉毛も白い。小林大吾だった。

「渋谷、なにを無駄話をしているのだ、さっさと斬れ」

「はぁ……」

声のほうを向くと渋谷は、仲間の顔ぶれを確認するような仕草を取る。

「なにをしておる。やれ！」

大吾が命令を下した。だが渋谷は刀を抜いたものの千太郎には打ちかかろうとしない。

「どけ！」

後ろから血気盛んな若い侍が千太郎に向かった。

弥市は、十手を構えた。

そこに不思議なことが起きた。

「え！」

弥市は目を疑った。渋谷がその若い奴にけたぐりをくらわして転がしたのだ。若い男は自分の身になにが起きたのかわからなかっただろう。きょとんとしたまま道端にひっくり返って、

「なにをするんだ！」

叫んだが、まさか渋谷がやったとは思っていないらしい。

きょろきょろと見回して、自分に足をかけたのは誰かと探している。やがて渋谷永三郎のところで目が止まった。まさか、という目つきで渋谷を睨んでいる。

「あはは、すまんなぁ」

渋谷はしれっとした顔つきで、こちらに走ってきた。

弥市は危ないと叫びそうになったが、千太郎は動かない。さらにおかしなことが起きた。千太郎の横に渋谷永三郎が並んで、侍たちに対峙《たいじ》したのである。

弥市にはどうなっているのかさっぱりわからない。だが、どうやら渋谷が寝返ったらしいということに気がついた。さっきの会話はこういうことだったのか、とようやく気がついた。

「渋谷！　裏切ったな！」

「大吾さま……私は初めからお仲間ではありませんよ」

「なんだと？」

後ろから泣きぼくろの女が走ってきた。

「兄上……」

なんだって？

弥市の頭はさらに混乱する。千太郎はにこにこしながら、

「兄妹であったのか。そこまでは思わなかったなぁ」

のんびりしている場合ではないのだが、千太郎が喋るとどこか間が抜ける。

渋谷はにんまりすると、刀を抜いて大吾に敵対した。分家の連中に動揺が走った。

しかし、それも一瞬のことであった。

「大吾どの……申し訳ないがこういうことです」

「お前は……本家側だったのか。騙したな」

「ご本家の小林信一郎さまから頼まれて、あなたさまの懐に飛び込んだというわけです」

「ううむ」

「お世継ぎの実母さまを私が探す役をしたら、一挙両得ですからね」

「そういうことか」

大吾は刀を抜いて、斬れ！　っと叫んだ。

ばらばらっと侍たちが渋谷と千太郎に打ちかかった。

弥市のところまで来る侍はひとりもいなかった。千太郎と渋谷にことごとく倒されていたからだ。

最後は大吾が渋谷と対峙している。

だが、どう見ても大吾よりは渋谷永三郎のほうが腕は上に見えた。

大吾が飛び込んだと同時に、永三郎は体《たい》を躱して横に変わり、すぐさま振り向くと大吾の肩を打ち据えた。瞬間、峰を返していた。大吾の肩からぐきりと嫌な音が響いた。大吾は唸りながら昏倒した。

それを見て、敵はすごすごと姿を消していった。

「お見事」

千太郎が永三郎に近づいていった。

「渋谷さん……逃げる連中はそのままでいいんですかい？」

不審に思って弥市は訊いた。

「あぁ、どうせこれからはなにもできまいからな。顔は私が知っているのだから」

「ならいいんですが」

倒れたままになっている大吾に永三郎が活を入れた。永三郎は大吾本人の帯を解き、それでぐるぐる巻きにしてから体を立たせ、歩けと促した。大吾は悔しそうな顔で永三郎、お冴の兄妹を睨みつけている。

後で粛正がおこなわれるのだろう。

八

もともと渋谷永三郎は本家のために働いていた。泣きぼくろの女とは兄妹。それで両国で書付が盗まれたとしても慌てなかったわけだ。それは予《あらかじ》め決めていたことだったらしい。だがどうしてそんな面倒なことをしたのかわからねぇ、と弥市は千太郎に訊いている。

「それは親分、いきなり書付を妹に渡すわけにはいくまい。あんな芝居を打ったのは、永三郎とお冴は敵対関係だということを大吾側に知らしめるためだ」

「でも、わざわざあっしたちを巻き込まなくても。話が大きくなるだけでしょうにねぇ」

「永三郎は自分の身を安全にするために、わざと巻き込んだのだ。大吾たちの目をこちらに向けておくと永三郎にとっては隠れ蓑になる」

千太郎は謎解きをする。

「はぁ、そうなんですかい。で、千太郎さんは最初からあの渋谷永三郎というお人のことは気がついていたんですかい？」

「いや、おかしいなぁとは疑っていた。だいたい、茶器を壊されても子どもを追いかけなかったのは不思議だったからな。それは相手を知っているからではないか、と見当をつけていたのだが、まさかあのふたりが兄妹の仲だとは気がつかなかった」

「それはそうでしょうねぇ。天狗じゃねぇんだから、そんなところまでわかってしまったんじゃ、面白くねぇ」

その言葉に、千太郎は破顔する。

千太郎と弥市はいま小林家の広間にいた。

「永三郎を助けてよくやってくれた。礼を申す」

小林家の当主、小林信一郎が頭を下げている。目もきりりとして、大身の殿さまらしく貫録のある男だった。

横に渋谷永三郎とお冴の兄妹がはべっていた。旅装ではなく立派ななりをしている渋谷永三郎は、月代《さかやき》も青々とあのむさくるしさはまったくない。

お冴も腰元らしく、その横に座りにこにこと千太郎や弥市に目を向けていた。弥市はその顔を見て、あっと叫びそうになっていた。ほくろがないのだ。変装だったらしい。

おそらくは、泣きぼくろをつけることで、女の印象を強くさせたのだろう。

そばには元服をした小林誠一郎《せいいちろう》が目を見開いて、必死に涙をこらえている姿があった。

弥市たちの横には尼さんがいた。法名は恵心《けいしん》というらしい。信一郎はお恵《けい》と呼んでいる。話によると以前、信一郎が一時、療養のため上総の領地にいたことがある。

そのとき、ふたりは知りあった。

そして子ができた。

信一郎は、例のお墨付きを渡して、生まれた子は自分の子だと認めていた。

そろそろ家督を譲りたいと考えていたとき、長男は病死してしまった。分家が毒殺したのではないかという噂が出ていたが、それは噂だけだったらしい。だが、分家は長男が亡くなったのをきっかけに、大吾が自分の子を世継ぎにしようと画策を始めたのであった。

そこで信一郎は、武者修行の旅に出ていた永三郎を呼び戻し、分家に密偵として送り込んだ。大吾が永三郎を信用したのは、本家の動きを教えていたからだった。

永三郎は本家と繋がっていたのだからそれは当然のこと。それに修業に出ていたために、深くは知られていなかったのが幸いした。大吾は自分の子を世継ぎにするという野望に目がくらんで、永三郎の正体を見抜けなかったのが敗因となったのである。

信一郎が恵心を口説いていた。

「どうだ、実母として家に入る気持ちはないか」

「申し訳ありません。私はいまは仏に仕える身ですので。それに私を必要としている人たちが待っております」

固辞を続けている。

「そうか……残念だが仕方がない」

「母上……」

誠一郎が呟いた。

恵心はにじり寄って、手を取る。

「誠一郎さま……立派な跡継ぎになってください」

「はい……」

あとは涙で声にはならない。

ふたりを見ながら信一郎は語りかけた。

「これからはいつでも会えるのだ……」

「ありがとうございます」

恵心と誠一郎は心底からうれしそうに、握った手に力を入れた。

「ところで」

突然、千太郎が声を発した。

「永三郎どの……あの壊れた茶器の修復がそろそろできあがると思いますが、いかがいたしますかな。私は骨董屋なのでな、ただ働きをすると片岡屋の鬼店主に叱られるのだ」

永三郎は、くくくと笑い、

「ではあれをお持ちください。しかしそんなに高価なものとは知りませんでした」

「なに、二束三文です」

「え？」

「それでもまったくないよりはましです」

しれっとして言い放つ千太郎に、信一郎は目を回しながら、

「あ……千太郎さまと申す……」

「そうだが？」

「どこかでお目にかかっておりませんか？」

「はて……いっこうに」

「そうですか」

大身の当主と自分を忘れた千太郎。どこかに繋がりがあるのだろうか、と弥市は怪《け》訝《げん》な目つきで信一郎と千太郎を見つめた。信一郎は思い出そうとしているようだが、千太郎はまったくその気がなさそうだ。

「さて……帰るとしよう」

どこか慌てた千太郎の様子にぎこちなさを感じたが、さっさとその場を辞したので、

弥市も後を追うしかなかった。

　屋敷を出てから、弥市は千太郎に訊いた。

「あの信一郎という当主は、千太郎さんの顔に見覚えがあるようでしたが？」

「なに、気のせいだろう」

「しかし、昔のことを知る手がかりになったかもしれませんがねぇ」

　千太郎は、少し眉をひそめた。

　飯田町から神田川沿いを歩き、柳橋に近づいている。婀娜《あだ》な女がときどきすれ違う。洗い髪の女の姿も見えている。武家屋敷が並んでいる飯田町とは雰囲気が違って華やかになってきた。

　棒手振《ぼてふ》りや行商人の姿も多くなっている。

　弥一がため息をつきながら、

「あの兄妹は自分たちの夢を叶えたということになりますねえ……うらやましことで……」

「おや、親分には夢はないのか？」

「どうなんでしょう……」

「どうだ、そのあたりで飯でも。夢を叶えるための指南でもしてしんぜよう」

「はぁ……」

「いわば夢の手ほどきだ。金の心配はいらぬぞ」

「では、はい」

弥市は照れ笑いをしながら、先に行く千太郎の後を追った。

と、そのとき、前方から慌てた様子で女が走ってきた。

どんと弥市の胸に当たった。弥市はそのはずみで尻餅をついた。だが、女は謝りもせずに逃げていく。

その後ろを男が走ってきた。ふろしき包みを抱えながら、待て！　っと叫んでいる。

千太郎は男の前に立ちふさがった。

「女を苛めてはいかんなぁ」

「なんだと！」

男は職人だろう。黒っぽい法被《はっぴ》を着ていた。弥市は千太郎の横に行って囁いた。

「また、なにか事件に首を突っ込むつもりですかい？」

千太郎は、ふふっと悪戯っぽい笑みを浮かべた。

第二話　皿を割った女

一

河原は水音が激しい。

昨日降った雨の名残《なご》りだろう、水嵩《かさ》も多く流れも速いのだ。

提灯の灯だけを頼りに、男女がなにやら荷物を抱えそれを引きずりながらやってきた。すでに木戸は締まり深夜に近い。

こんな時刻に、大川の百本杭《ひゃっぽんぐい》のそばにいるだけで怪しいふたり組である。どうやら女のほうが男を操っているようだ。

「早くしてよ」

「しかし……昨日の雨で足場が……」

「少々のぬかるみなど気にしないで」

「そうはいうけど……」

「まったく頼りにならないんだから」

女は持っていた提灯で男の顔を照らした。目をしょぼしょぼさせながら、男はまぶしい、と苦情を吐いた。

「だったら早く！」

女はじれている。

やがてまた雨が降り始めた。土砂降りというほどではないが、周囲を見づらくするには十分だった。

男はしだいに濡れ鼠になっていく。

だが女は一向に気にする風でもなく、自分だけ傘で雨を除けていた。男は一瞬、文句をいいそうになりやめた。

「なに？　不服でもあるの？」

「いや……」

怒りの目つきを女に知られぬよう下を向いて荷物をほどき始めた。薦《こも》かぶりになっていて男はそれをひも解く。

「あぁ、雨が邪魔だ」

「いいから早く。人に見つかったら困るわ」

「…………」

男は薦から塊を引きずり出した。

「思ったより重い……」

呟きながら、男は塊を河原に埋めようとしているらしい。

女が持っていた鍬《くわ》を男の手に渡した。そのときだけは男の手を握って、

「がんばるのよ。後でご褒美があるんだから」

女は提灯の灯のなかで下卑《げび》た笑みを浮かべた。男は、それを見て、

「わかってるよ……」

奮起の声音《こわね》になった。

男は女から渡された鍬を持って、周辺を少し歩き回った。地面の柔らかい場所を探しているらしい。

「ここがいい……」

そう呟くと、男は鍬を使い始めた。

がちがちという鍬に石が当たる音がする。

だが、それにも負けずに男は石を鍬の先で除くと、土を掘り始める。

女は男の作業をじっと見つめている。

かっかっという土を掘る音が深夜に響く。誰か他人に見つからないかと、周辺を見回しながらの作業だった。

「どう?」

女が尋ねる。

「もう少しで人が入るくらいになるよ」

「早くして」

命令されてむっとした顔をしたが、苦情はいわず黙々と掘り続けた。

ようやく終わったのか、男は鍬を置くと薦に移動した。雨に濡れて水を吸っているせいだろう、持ち上げようとしたら足を取られた。

女がそばに来て手を貸した。

ふたりで薦を開くと塊が出てきた。死骸だった。

男は一瞬顔をそむける。

女は、恨みを晴らすように足で蹴飛ばした。

「いくらなんでも……死骸にそんな」

男は女の顔を見ながら眉をひそめた。

「ふん……ざまぁないね」

「とにかく早く埋めよう」

男は頭側を持ち女が足を持った。掛け声を合わせて持ち上げ、いまできたばかりの穴に放り投げた。どすんという音がした。男がその上から土をかける。女も手伝ってようやく穴が埋まると、

「これでいい……」

女が雨に濡れた顔をぬぐった。

「本当によかったのだろうか」

男は、苦渋の表情をしている。鍬を持ちそれを担ぎ上げながら囁いた。

「いまさらなにを」

「……私はあんたのために……」

「わかってるよ。あたしが欲しいんでしょう」

女は、男のそばに寄ると男の胸に手を当てた。

「さぁ……いまから暖かいところに行って、楽しいことをしましょう。うんとご褒美をあげるわ……」

女の声が雨音を縫《ぬ》って伝わった。

二

「姫さま……なにをなさるのですか」

志津《しづ》は由布姫《ゆうひめ》がいきなり脱ぎ始めたのを見て驚いた。どこから仕入れたのか、若衆が着るような小袖がある。それに着替えようとしているのだ。

ここは、千太郎と祝言を挙げることになっている由布姫の飯田町にある屋敷内。奥座敷で由布姫付きの腰元、志津を呼んだ由布姫は、

「私は男になります」

といきなり若衆姿になり始めたのだった。

「どうしてそんな格好をなさるのです」

「女の格好ばかりで飽きました」

「しかし……」

「どうです？　この姿は」

両手を拡げて由布姫は悦に入っている。前髪を垂らしながら、髷まで男のようだ。

目がきりりとしてりりしい顔の造作をしている由布姫ゆえ、確かに立派な若衆がそこに生まれていた。

「志津……お前も着てみますか？」

悪戯《いたずら》っ子のような顔をして志津を見つめた。

この志津という腰元の父親は日本橋、十軒店《じゅっけんだな》で梶山《かじやま》という人形店を営む主人である。いまから四年前に行儀見習いのためにこの屋敷に奉公をすることとなり、それ以来由布姫の侍女として働いている。

この由布姫、今年で十九歳になるのだが、その奔放さについていくのが大変な姫さまであった。

ときには屋敷を抜け出し、江戸の町へ出かけては買い食いをしたり小間物屋を冷やかしたり。そのたびに付き合わされる志津は命がいくらあっても足りない。冷や汗をかかされることが多かった。

「志津……近頃ではそなたも屋敷を抜け出すのを心待ちにしているようですね。最初は反対していたのに」

「え……いいえ、そのようなことは……」

「ふふふ、いいのですよ。あの若い侍にもう一度会いたいと望むようになったからでしょう」

「姫さまこそ、あのとき浅草奥山で出会った背筋の伸びた侍に……」

「なにをいうのですか」

ふたりの女はお互いの顔を見合わせて、あはははと笑った。相手の心をしっかり読み取ったような目を交わし合う。

「そうはいっても、あの侍たちはどこの誰なのか……」

「それがわかればいいのですが」

「ふたりがふたりとも心を魅《ひ》かれるとはねぇ。同じ相手ではなくて助かりましたよ」

由布姫は、差している脇差しを抜いて、

「これで恋の未練は断ち切りましょうか」

「…………」

「志津はどうです？」

「いやでございます」

「おや、はっきりと」

「はい」

志津は普段は大人しいが、今度ばかりはきりっとした顔つきで答えたから由布姫は驚いた。

「そなたにそこまで心を寄せられたあの殿御は、いま頃どこにいるのやら……」

「姫さまが好かれたあの長ひょろい顔の侍も……」

若いふたりは、遠くを見つめる。

「さて……出かけますよ」

「はい」

志津の頰に赤味が差した。


佐原市之丞は、今日も千太郎君を探すために江戸の街を歩き続けている。

江戸はそろそろ端午《たんご》の節句。武家だけではなく商家などでも金持ちは男の子のために兜や姿のいい武者人形などを飾ることになる。

ここは十軒店の梶山という店の前で、市之丞は兜を被った武者の人形に目を奪われていた。

「なにかお探しですか」

手代らしきやせぎすの男が、武者人形の前に立ったままなかなか動かない市之丞を見て声をかけてきた。

「あ、いや……ただ見ているだけなのだが……見事なものだと思ってなぁ」

「それはお誉めにいただいてありがとうございます」

「誰か名のある人の作かな？」

「はい、私どもがお頼みしている方で、永楽斎《えいらくさい》という人形師です。そのお方の作品が手に入るのはうちだけでございます」

やせぎすの手代は、鼻を蠢《うごめ》かせた。

「ほう……」

市之丞は、さらに武者人形のとなりに陳列された、女の子が踊りの所作をしている人形に目を移した。藤娘を踊っているのだろうか、市女傘《いちめがさ》をかぶって花を手にして舞っている。

「これは……！」

「いかがいたしました」

「あ、いや……これは、この人形を作ったのは誰です」

「同じく永楽斎ですが」

「なんと、この顔には見覚えがある」

「はて……あぁ、なるほど」

手代はにんまりと手を擦りながら、

「うちのお嬢さんと知り合いですか？」

「なんと申した？」

市之丞は驚いて手代の顔を見つめた。細目の手代は、なにか悪いことでもいったか
という表情をしたが、

「はい、このお顔はうちの志津お嬢さんを手本にして作られたと聞いております。で
すから、お知り合いかと思いまして」

「名、名は志津と申すか」

「おや、お知り合いではなかったので？」

「いや、知っておる、知り合いだ。確かに顔見知りである」

市之丞は、何度も頷きながらも落ち着きを失っている。

「そ、そのお嬢さまはいまどこに？」

「……？　はて、お知り合いなのではありませんでしたか？」

「いや、そうなのだが……」

市之丞は、なんと答えていいものか言葉を探す。まさか、浅草の奥山で衝突してか
ら忘れることができなくなったなどとは話せるわけがない。しかし、これはあの娘の

ことを知る千載一遇《せんざいいちぐう》の機会ではないか。

「じつはな……」

市之丞は話をでっちあげた。

「じつは、あるところでお嬢さんと会ったのだ。そこで娘さんが履いている下駄の鼻緒が切れて困っておってな、私がそれをすげ替えてあげたのだ」

「へぇ……お嬢さんがねぇ。鼻緒のすげ替えくらいは簡単に自分でできますが……どうしたんでしょうね？」

「あ、そうだったのか……」

市之丞は少し慌てたが、咳払いをして、

「いや、おそらく私がかってにやってしまったのであろう。そのお礼としてこの店のことを教えてもらったのだ」

「それがどうかしましたんで？」

「うむ……」

市之丞はそれ以上の嘘を作ることができずに、困り顔をすると、手代はにやにやしながら、

「あぁ、わかりました。宿下《やどさ》がりのときにでもお礼をとでもおっしゃったのでしょう。

うちのお嬢さんは律義《りちぎ》な人ですから」

「おう、そういうことだ。でな……」

市之丞は口ごもる。

それをじっと見ていた手代だったが、あぁ、となにか気がついた顔つきになり、

「宿下がりは五日後ですよ。早過ぎましたねぇ」

「あ、そうであったか。きちんと宿下がりの日を聞くのを忘れておったのだ。そうか、あと五日後のことだな」

市之丞は礼をいうと急いで店から離れた。心の臓が早鐘《はやがね》を打つという例えを初めて経験していた。

「志津どの、志津さまか……志津……志津」

そばを通り過ぎる人たちが気持ち悪そうに市之丞から離れるのも気がつかずに、その言葉を吐き続けていた。

三

片岡屋の一室。

先日、柳橋の前で女を追いかけていた男が千太郎と弥市の前で畏《かしこ》まっている。手にはふろしき包みを持ち、それをいま開いているところだった。

あのとき、女を追いかけていたのは、あることの真相を確かめたかっただけで、悪さをしようとしたわけではない、と男は憮然として答えたのだった。

それは悪いことをした、と千太郎が、片岡屋という骨董屋にいるからなにかあったら訪ねて来いと告げていたのである。

それから二日の後、その男は助けてもらいたい、といって千太郎の前でふろしきを拡げているところであった。

「この割れた皿を修復できますでしょうか」

そういって取り出したのは、赤絵が描かれた皿である。

「ほう……これは、柿右衛門《かきえもん》ではないか?」

千太郎が目を細めている。

弥市はそんなものにはまったく暗いので、柿右衛門が何者かもよく知らない。聞いたことがあるようなないような名前だ。だが、千太郎は、

「これは普通では手に入れることができるような代物《しろもの》ではないが?」

はい、と答えている男は、名を新兵衛《しんべえ》といい、ある商家に出入りする植木屋だと答

えていた。

「植木屋がどうしてこんな高価なものを？　これは柿右衛門様式と申してな、赤、または黒で細く輪郭を描く。その後、赤、緑、黄などで色付けされた文様が特徴でな。余白を効果的に使っておるところに特徴があるのだ」

弥市は江戸以外の言葉を教えられているようで、さっぱり頭に入ってこないが、とにかくいい皿であることだけは納得した。確かに、赤と青、そして周りに余っている白い部分の調和がすばらしいように思えた。

弥市はそんな感想を素直に述べると、

「ほう……親分も目が肥えてきたものだ」

千太郎が、にんまりと弥市を見つめる。

弥市は頭に手をやり、照れ笑いをした。

千太郎は続けて問う。

「とにかく、これをどこで手に入れたのだ」

すると、新兵衛はこんな話を始めたのである。


三日前のこと。

その日は、夏の訪れを予感させる日であった。夜になっても昼の暑さが薄れず、おかしな天候であった。

新兵衛は、深川富岡八幡の近くにある、家具屋、浜伊勢屋《はまいせや》が持つ梅屋敷近くにある寮で仕事を終わり、帰ろうとしたとき、浜伊勢屋の主人、幸次郎《こうじろう》からたまには一献やっていけと声をかけられて、弟子の五助《ごすけ》と一緒に膳をごちそうになったのである。

座敷を与えられた。お膳が運ばれ新兵衛と五助は酒や普段は目にすることもないような、山海の珍味に舌鼓をうっていたのであった。

庭木の枝ぶりに手を入れるだけの仕事なのにこんなことまでしてくれて、今日は泊ってもよいとまでいわれ、ついその気になって飲み続けてしまった。ここの当主はすばらしい人だ、などとふたりは楽しんでいたのであったが……。

「親方……なにか物音がしませんかい」

五助は日に焼けた赤鼻を擦りながら囁いた。

「そういえば……」

新兵衛も、さきほどから庭のほうからなにやら怪しげな音が聞こえてくると気になっていたのである。

「親方……ちょっとのぞいてみますか？」

「俺が見てくる」

新兵衛は膳に箸を置いて廊下に出た。踏み石を使って庭に降りた。おかしな音はもっと奥のほうから聞こえてくるようだ。そのあたりは昼に枝を落とした松の木がある場所だ。見当をつけて新兵衛は奥に足を運んだ。

提灯を持っているわけではないので、夜の庭は月明かりだけが頼りである。草を踏みながら進んでいくと、音はさらに大きくなった。

人影が見えて、新兵衛は思わず身構えた。

じっと影の動きを目で追っていく。なにかを手に持っているように見えた。月明かりだけでははっきりしないが、皿のように見えた。

数枚重なった皿を地面に置いて、それを一枚ずつ割っているように見えたのだ。そばにある石に投げつけているようだ。その音がさきほどから聞こえていたのだろう。

女は周りに人がいるかどうかなどはまったく気にした素振りはない。

新兵衛は拳を握った。肩に力を入れながらも、一歩また前進した。女の顔を見ようとしたのだ。

屋敷に勤める女たちを全員知っているわけではないが、顔を確かめようとしたのだ。見えるのは横顔だけで、知り合いかどうかまでは判断できなかった

新兵衛は、飛び出そうかどうか逡巡《しゅんじゅん》する。

どう考えても木戸が締まろうという刻限に、ひとりで庭に出て皿を割っているなどというのはまともではない。

しばらくして、その場から飛び出した。

「もういいんじゃねぇかい。おそらくなにか気に入らねぇことがあったんだとは思うが、あまりみっともいいものじゃねぇぜ」

暗いところからいきなり人が出てきて声をかけられた女は、息を詰まらせるような仕草で、胸を抱えた。

「あんた、ここのお人かい？」

新兵衛が静かに声をかけると、

「……それ以外どこから来ますか」

女は思ったより冷静な声音で答えた。

「確かにそうだった」

新兵衛は、ゆっくりと女に近づく。

「驚くことはねぇよ」

「もう十分、驚いています」

女は皮肉で答えた。

「あぁ、それはそうだな。出入りの植木屋で新兵衛って者だが……あんたは？」

「………」

女は口をつぐんでいる。

「いいたくねぇよなぁ、こんなことをしているんだから……だが、話によっちゃぁ相談に乗ってもいいが、どうだい」

答える様子もなく女は、下がり始めた。足を擦る音がかすかに聞こえてくる。

「逃げることたぁねぇだろう」

「普通は逃げますよ」

女は木陰に身を隠すと、そのまま走り去っていった。

新兵衛はしょうがねぇ、とひとりごちると、地面に重なって置いてある皿に目を向けた。月夜ではあるが、赤や青の絵が描かれてあるのが見えた。

「これは名のあるものらしいなぁ」

夜目にも美しい絵付けの素晴らしさに、新兵衛は思わず呟いていた。

また。廊下のほうから足音が聞こえてきた。

「五助か」

「……へぇ、親方……どこです？」

「こっちだ」

声を頼りに、五助は新兵衛のそばに寄ってきた。

「なんです、それは？」

月明かりが照らす地面に、皿が二枚ほど残っていた。だがそのとなりには割れた欠片《かけら》が投げ捨てられている。

「なんですかねぇ、これは」

五助が、欠片を拾った。

「ともかく、誰にもいうんじゃねぇぞ」

新兵衛が念を押しながら、欠片を片づけて懐に入れながら、なにがあったのか……

と呟いた。

話し終わった新兵衛は欠片を手に取ると、

「これがその残骸です」

と千太郎のほうに押し出した。

「なるほど……」

千太郎は、欠片の端をていねいに合わせながら、

「まぁ、なんとか修復はできるだろうが、価値はなくなったか」

残念そうに手で弄《もてあそ》んでいる。

「で、先日追いかけていた女がその皿を割ってた者だということかな」

「へぇ、そうでございます。その日も植木の手入れに行ったんですが、廊下でばったり出会いまして。それで話しかけたんです。問い質《ただ》すと、ひょっとして会うかもしれねぇと思って、あっしが欠片を持っていたんです。最初は夜に皿を割るような真似はしないととぼけていたんですが、欠片を取り出したら突然逃げ出したんです」

「はて、なぜ逃げる。白《しら》を切りとおしたほうがいいと思うのだが」

「そこもよくわかりやせん」

新兵衛は、首を傾げている。

「まぁよい、で女の身元はわかったのか」

「お加代《かよ》という名の下女だそうです」

「いまはどうしておるのだ」

「本当にそのお加代さんという女が皿を割ったのかどうか、それがはっきりしたわけではありません。それに、浜伊勢屋では犯人探しはあまりおおっぴらにできねぇらし

く、なんとなくそのままになっていやす」

「どうしてお前がこんな修復などをしようと考えたのだ」

そこで、新兵衛は顔を少しほころばせた。

「いや……なにかあのお加代さんという人の鬼気迫ったところを見てしまいますと……なにやら、こう……」

顔が赤くなった。

「なんだ、惚れたのかい」

弥市は驚いて目を瞠《みは》った。

「いや……そこまでは……なんとも……はい」

千太郎は、しどろもどろになっている新兵衛の態度に苦笑しながらも、

「仕方あるまい。あのとき助けになってやると伝えた手前、放っておくわけにはいくまいな」

「しかし、なにをすればいいんです？」

弥市は千太郎がなにを考えているのか推し量ったが、その目はいつもと変わりはない。

「千太郎の旦那……」

しばらく薄目になったままだった。何度も声をかけるとようやく返事が返ってきた。

「ん？　おうそうか……急に眠くなってしまった」

「なんてぇお人ですかねぇ」

弥市は千太郎のこんな行動に慣れているが、新兵衛は不安そうな顔を隠せずにいる。

「おうそうかじゃねぇですよ」

「ん、まぁ黙ってまかせておけ」

さらに新兵衛の顔が曇った。

四

弥市は千太郎の命《めい》でお加代という女に会うことにした。

それには浜伊勢屋の主人に話を通す必要がある。柿右衛門という高価な皿を割られてしまったのだ、怒りは深いだろうと予測していたのだが、実際にはそれほどでもなかった。

割られてしまったものはもう仕方がない、というのである。

「形あるものはいつか壊れます」

「ずいぶんものわかりがいいんだな」

弥市は、幸次郎という名の浜伊勢屋の主人を見つめた。

でっぷりした体の、いかにも大店の主人らしい赤ら顔の男だった。岡っ引きの弥市を前にしても臆することはない。

「お加代とはどんな使用人なんだい？」

いきなり懐に飛び込んだ。一瞬、幸次郎は息を飲んだが、

「身元は確かです。働きもしっかりしているし、そんなおかしな女ではありませんが、なにかしでかしたんでしょうか？」

「いや、ちとご用の筋なんだが……」

弥市は皿を割った女を目撃した者がいるという話は隠したままだ。

だが、急にお加代の名が出たせいか、幸次郎は油断のない目つきに変わっている。

「どんなご用です？」

「なに、店の信用に関わるようなものじゃねぇ。お加代がなにか見てはいねぇか、それを確かめるだけなんだ、会わせてくれませんかい？」

弥市はわざとへりくだった物言いをした。

幸次郎は、胡散《うさん》臭げな目つきで弥市を見たが、最終的にはお加代を呼んでくれた。

奥の座敷に座ることなどないためか、それとも他の意味があるのか、お加代は手を握ったり開いたり、尻を動かしたりと落ち着きがない。

「まぁ落ち着きねぇ。これはここだけの話だ。ほかの人間には知られていねぇ話だから安心しな」

弥市は、夜中に皿を割っていたところを見た者がいるが、それは事実かと訊いた。

「なんのことです？……」

お加代は冗談ではない、という目つきをする。

「嘘だと？」

「まったくでたらめです。私がどうしてそんなことをするんですか」

「その理由を俺が訊いているんだ」

「ですから、まったく身に覚えはありません」

お加代は、横を向いた。

「じゃ、おめぇさん、新兵衛に追いかけられていたが、それはなぜだい」

「あれは、約束があって、それで店を出たんですよ……」

そういって、にんまりする。

「親分さん……おわかりになるでしょう？　ですから、撒《ま》いてしまおうと逃げたんです」

「ふん、逢引《あいびき》かい……」

「野暮《やぼ》はいいっこなしです」

顔は細長く目は切れ長。首も長く色気があった。茶色の前垂れはきれいで身だしなみもそれなりだ。少し襟首が出過ぎだが、それは仕事で動き回っているからかもしれない。

お加代は見られているのを意識しているのだろう、横を向きながらも目線が弥市をちらちらと覗く。

「それだけの器量を持っていたら、男たちは放っておかねぇか……」

「さぁてねぇ、それはどうですか」

体を斜めにして科《しな》を作った。

弥市は、嫌なものを見るように目線を少し外した。

「ひょっとしたら……」

お加代が眉を動かした。

「なんでぇ、なにか思い出したのかい？」

「お松《まつ》さんではありませんか？」

「なにがだい」

　お加代は、薄笑いをする。

「皿を割った人ですよ」

「おめぇじゃなくて、そのお松という女だというのかい」

「私がばらしたとはいわないでくださいよ」

「わかってる」

　弥市は首を捻《ひね》る。

「だがな、確かにお前だったと断言している人がいるんだぜ」

「夜のために見誤ったということもまったく考えられないことではありませんよ」

「まぁ、頭から否定はできねぇが」

　お加代はにんまりと笑みを浮かべている。

「そのお松という女が皿を割ったという裏を知ってるのかい」

「若旦那がね……」

　そこでお加代は声を小さくすると、

「お松さんに惚れているんですよ」

「ほう……」

「何度か若旦那がお松さんに言い寄るところを見たことがありますからね。ふたりの間になにかあったのではありませんか？」

「それが元になってお松が皿を割ったと？」

「さぁ、それをお調べになるのは親分さんのお仕事でしょう？」

にんまり笑みを浮かべるお加代は凄艶《せいえん》であった。

弥市は、毒気にあてられそうになりながら、

「じゃ、そのお松という女にも話を聞いてみるか……」

弥市は、立ち上がった。


弥市が店の者たちに聞き込みをした結果、確かに若旦那の仁太郎《じんたろう》はお松という奉公人に懸想《けそう》をしているのではないか、という話が多かった。

それを聞いて、今度は千太郎も一緒に仁太郎に会ってみようということになった。

仁太郎は、今年で二十三歳になるというのに、親の脛《すね》を齧《かじ》ってろくに仕事を覚えようともしないとか。どうやらろくでなしらしい。色気のある女と見ればちょっかいを出して、もめ事を起こしているという噂だ。

千太郎はそういう男がまじめになったら凄い結果を出すことがあるのだ、と笑うが

弥市はそんな先のことは信じられません、と答えるしかない。

お松という女は色気がある女としては語られない。本当に仁太郎はお松に懸想をしていたのかどうか。

仁太郎は千太郎を前にして、不審な面持ちを見せた。

「あなた様はどちらの方です？」

薄青の小袖に黒羽二重の羽織を着て、朱鞘を差している。それに顔はのっぺりと長ひょろく色白といっていいだろう。そのくせやたら背筋が伸びているので、まるでどこかのご大身やお歴々の殿さまのような雰囲気に仁太郎は怯《ひる》んだらしい。

弥市は千太郎が自分で自分がわからないのだ、とおかしなことを言い出さないうちに、助け船を出した。

「このお方は千太郎さんといって骨董屋、片岡屋治右衛門のところで目利きを生業《なりわい》としている方だ」

「骨董の目利きを？」

よけい不審に感じたのだろう、仁太郎は顎を引いて千太郎を見つめた。

「刀剣や皿などの目利きはできるからといって、親分が扱うような事件の目利きをするとはこれいかに」

わっははと不躾《ぶしつけ》に大口を開けた。

「アハハ、いやそれはそのとおり。目利きというよりは、目障りとよくいわれるぞ」

がははははと千太郎は仁太郎の笑い以上に大きな声をあげた。

「……なんだかおかしな人が来ましたねぇ」

若旦那は、目を丸くした。

「さて、冗談はここまでにして……。仁太郎、そちは、お松という下女に懸想をしているという話だが、それは本当か」

態度が豹変した千太郎に若旦那は呆れ顔をするしかない。

「な、な、なんですか。いきなり」

「前振りが欲しかったかな?」

「いや、そういうわけではありませんが」

仁太郎は、両手を合わせて握ったり離したりしながら、

「確かにお松には何度か声をかけましたよ。田舎臭いところがなんだか気に入りましてねぇ」

「ほう、お松はどこの生まれなのだ」

「奥州白河のほうだという話でしたね」

「なるほど、松平《まつだいら》さまのお膝元か」

奥州白河は、寛政《かんせい》の頃、老中として幕府財政の建て直しに力を振るった人として知られる松平定信《さだのぶ》の領地だ。

「定信さまと同じく、真面目なのだな、お松は」

「……？　元の老中をそんな簡単に話題にするとは」

「なに、気にするな。そんなことより、お松との仲はどうなのだ。うまく進んではおらぬとの噂だが」

「あぁ、もうそんな噂が流れているんですかい。まったく他人の暮らしに興味のある人たちが多いですねぇ」

「ということは事実なのだな」

「ええ、嘘偽りなく私は見事に振られました」

弥市は、屈託のない表情で女に振られたと言い切る若旦那に少しだけおかしみを感じた。

五

「お松のことでなにか知らぬか」

「今日は会えませんよ、使いに出していますから」

「使いとは?」

「まぁ、店の商売の話なので」

仁太郎は口ごもりながら、

「……ははぁ……柿右衛門の皿を割ったという噂の件でですね」

「ほう……柿右衛門を割ったのはお松なのか」

「はてねぇ、証《あかし》があるわけではありませんから、決めつけることはできませんが、私の耳にはそのように入ってますよ。それが大旦那に知られたんですが、私が大げさな話にはしないでくれと頼み込んだんですよ」

「それで犯人探しは止まっているのだな」

「まぁ、そうなんでしょうねぇ」

弥市はその言葉に、なにか訝しいものを感じた。

「若旦那……では誰がやったと？」

「さぁて、いまさらそんなことをほじくり返しても、誰も幸せになりませんよ。だから私は放ってあるんです。お松だろうが、ほかの誰だろうが、そんなことはどうでもいいのです」

「誰も幸せにはならねぇか……」

しごくまともな言葉だという風に弥市は首を振った。

「しかし、そう考えねぇ人もいるんじゃありませんかい？」

「それはいるでしょうねぇ。でも、大旦那が騒ぎ立てるなというんですから、それに逆らうほどばかな使用人はいませんよ」

「なるほど」

弥市は納得するような顔つきでいるが、千太郎は、相変わらずどっちつかずの表情で、なにを考えているのか見当がつかない。

「まぁ皆がそれでよければいいか」

弥市は呟くが、千太郎は仁太郎の顔を睨むでもなし探るでもなし、じんわりと見つめるだけだ。

「若旦那……ところでお加代のことはどう見てます？」

弥市はまだこの若旦那の腹が読めない。

「お加代？　そうですねぇ。真面目に働くいい子ですよ」

その言葉が本心かどうかは、やはりはっきりしない。

「それじゃぁ、出入りの植木屋で新兵衛という男がいるんですが、知ってますかい？」

「それはもちろん。寮の周辺には植木屋が多いけど、そのなかでも腕はいいほうですよ。大旦那が贔屓にしてますからね。うちの店に関わりのある人間で知らない者はいません」

「どんな野郎だと思ってます？」

「それは信頼できるかどうか、という意味ですかね」

「そう受け取ってもらっていいのだが」

新兵衛という男の訴えから始まった調べだが、野郎が嘘八百を並べるような人間だとしたら根本が崩れる。

「あの男なら嘘などいいませんよ。真面目一方な職人です」

「そうかい」

弥市は、十手を扱《しご》きながら頷いた。

千太郎は、じっと天井を見つめながら思案風である。

弥市は千太郎を見つめた。こんなときは言葉をかけないほうがいいのだ。しばらくして、千太郎は長ひょろい顔の頰をかきながら、「ところで仁太郎、あの皿は誰が購入したものだ」

「は？　もちろん大旦那ですよ。私にあんな皿を集める趣味はありません」

「もっぱら女集めかな」

千太郎が冷たい目をする。奥にはなにか探ろうとしている雰囲気が垣間見えている。

「私を怒らせてなにかを引き出そうとしているようですが、なにもありませんよ。そのとおり、あたしが集めるのは色気のある女だけです」

投げやりな態度で仁太郎は答えた。

数呼吸してから千太郎は邪魔したな、といって立ち上がった。

外に出ると、深川の風が暖かさと冷たさ両方を含みながら流れてくる。暖かいのは初夏の風。冷たいのは回向院先から流れてくる大川の風と、近所を流れる掘割からの風だろう。

千太郎は、浜伊勢屋を出てからひと言も発していない。腕を組んだり頰をかいたりと珍しく落ち着きがないのだ。

「なにか考えでもおありですかい？」

弥市は気になってしょうがない。

「お松に会いたかったたな」

「使いに出ていたんですから仕方ありませんや」

「なにか臭くはないか」

「え……そうでもねぇと思いますが」

弥市は足を止めて、鼻の穴を膨らませた。

「そうではない。お松がちょうどいなかったことだ。ここで鼻を鳴らしてどうする」

「あぁ、そっちですかい。まぁそういわれてみたら……しかし、お松が許しもなく出かけることはできません、となると若旦那の仁太郎か、大旦那の幸次郎、どちらかがお松を我々から隠した、ということになりますが」

「ちょっと考えてみたのだが」

「なにをです？」

「皿を割ったのは本当にお加代だったのかな？」

「ちょっと待ってくださいよ。新兵衛が嘘をついているとでも？　あの夜の皿割り事件はまったくのでたらめだったと？」

　千太郎は、にやにやしているだけだ。

「まぁ、推量の範囲は拡げておかねば、見落としが生まれるからな」

「そうはいっても……」

　弥市は、新兵衛が嘘をついたとはどうしても思えねぇときっぱり決めつけた。

「あっしの目は節穴じゃありませんや」

　相変わらず千太郎は、ふふっと含み笑いをするが、弥市は食い下がる。

「割れた皿を新兵衛は持ってきましたよ……」

「自分で割ったということもあるかもしれぬぞ？」

「まぁ、そこまで疑ったらねぇ……」

「だから、なにが起きても不思議ではないと思っておかねばならぬ、という話をしておるだけだ。あまり真剣になるでない」

「なるでない、といわれましても……」

　弥市は、頭のなかが麻痺するような思いだと呟いた。

「まぁ、お加代かお松かは判然とせぬが、誰かが皿を割ったというのは間違いのない話であろうよ」

「そうですよ」

「だが、そこで気になるのは、理由がまったく表に出てこないことだ」

「はぁ、確かに」

「それに、皿が割られたという噂は広まっていたとしても、それを誰がやったのかまでは語られていない。もっとも、大旦那の幸次郎が止めているという裏があるからだろうが」

「そうですねぇ」

「これはただ皿を割ったという話で落ち着くようなものではないぞ、親分……」

「そうなんですかい？」

「私のこのえくぼがそういっている」

「えくぼ？　どこにあるんです？」

「あると思えばある。ないと思えばない」

「じゃぁ、ありません」

「親分は夢がないのぉ。せっかく夢の手ほどき指南をしたというに」

「それは夢とかそういう話ではありませんや」

弥市は付き合いきれねぇと、千太郎の前に出て振り返ると、

「千太郎の旦那……早く行きますぜ」

「どこに行くのだ」

「……え？」

弥市は足を止め、深くため息をついて、

「どこに行くんです？」

千太郎は、がははと肩を揺する。

「今日のところは、帰るだけだ」

「なんです、どこか目的があって歩いているのかと」

「まだ、このもめ事は入り口のような気がするのだが、まぁ、今日はこの辺にしておこう」

「まったく、調子が狂いますぜ」

「では、お銚子の顔でも拝みに行こうか、親分」

千太郎は、にんまりすると足を速めた。

「どちらへ？」

「ちとな、十軒店に行ってみたい店を見つけたのだ」

「へぇ……よくそんな暇がありますねぇ」

「嫌味なことをいうなぁ」

「そんなことはありませんがね。まぁうまいものが食えるならどこへでもお供いたします」

弥市の言葉に千太郎は、えくぼがかゆいぞ、と頬を撫でて笑った。


「姫さま……端午の節句ですね」

志津は実家の人形店、梶山の前に人だかりがしているのを見てうれしそうだ。

「そなたの家は繁盛しているのですねぇ」

「けっこう人気があるんですよ」

「宿下がりに一緒に私もとわがままをいいました」

珍しく由布姫が頭を下げた。若衆姿の姫はかえってしおらしく感じられて、志津はうれしそうに笑みを浮かべた。

「なにがおかしいのですか？」

由布姫は不思議そうに志津を見つめると、

「姫さま、そんな男の格好をしているのに大人しいので、ちょっと笑ってしまいました」

「あら……忘れていました」

「周りの人は男と見ますからご注意を」

「そうですね」

「もっとも、いきなり男言葉に変えるのはご無理でしょう」

「努力しましょう」

女主従は笑みを交わした。

今日の志津は御殿務めとは異なり、花をあしらった小紋の小袖姿である。江戸の町を徘徊するときも似たような衣服なのだが、今日は宿下がり。歩く足運びもいつもよりはつらつとして見えた。

「人気の人形師がいると申していましたね」

由布姫が訊いた。

「はい、永楽斎というお方です」

「私も頼んでみたいのですが」

「お父つぁんに頼んでみましょうか」

「引き受けてくれようか？」

「さぁ、気難しいことで知られる人ですから……でもなんとか姫さまのために私がひと肌脱ぎましょう」

そういいながらも、ふと志津の眉が曇った。

「おや？　志津、またあの侍のことを考えていますね？」

「どこのお方なのかまるでわからないのが……」

「私もです」

主従が、さっきまでの明るい表情に影を落とし始めたそのときのことであった。

「姫さま……」

志津の顔に驚きの色が浮かんでいる。

「志津も気がつきましたか」

「あそこを歩くのは、あのときのぼんやり侍では？」

由布姫と志津は肩に力を入れて、追いかけましょう、と駆け足になった。だが、すぐ見失ってしまい、

「消えました」

「姫さま……」

志津が由布姫の顔を暗い目で見つめる。

「大丈夫です」

由布姫は、さらに深くため息をつくしかなかった。

六

翌日は大雨だった。

神田佐久間河岸に住む大工の留《とめ》が百本杭を歩いていると、なにやら川岸で浮いているものが見えた。

「なんだいあれは？　人みてぇだが」

留は持ち前の好奇心で川岸に寄ってみる。大川の嵩《かさ》が上がっているので、うっかりすると流されてしまいかねない。それでも足場を固めながら進んでみると、

「あれ？　これは髪の毛だぜ」

さらに、寄って行くと、

「げげ！　これは女の身投げだ！」

留は腰を抜かしそうになりながら、近所の自身番に吹っ飛んでいった。こんな気候のときになにごとかと、顔色をどす黒くしながら自身番に飛び込んで来た留を見て、

「なにかあったのか」

それまでのんびりお茶をすすっていた書役《かきやく》の粂八《くめはち》が面倒くさそうに訊いた。

「百本杭に女の死骸です……」

留は肩で息をしながら答えた。

「死骸が上がっただと？」

書役の粂八はすぐ蓑《みの》を着込んで留と一緒に百本杭まで走った。

「これは……」

元は薄桃色だったと思われる小袖は、苔のようなものが張り付いて汚れていた。帯は半分ほどけそうになり、胸が覗いている。裾もめくられ、朱色の腰巻きまで煽られ、太腿までが露《あらわ》になってまるで水のなかで舞っているようだ。

「留さん……あんたが見つけたのか」

「へぇ、ついさっきです」

「身投げにしてはおかしいが、とにかく町役に届けよう」

粂八は、いまきた道を戻っていった。

「……というような塩梅《あんばい》なんですがね、その死骸の身元が、お松だったんでさぁ」

泡を飛ばしながら片岡屋の一室で、例の皿の欠片を並べて唸っている千太郎に告げているのは、弥市である。

「やはり、あのときお松は店にはいなかったのか。使いに出して留守だなどとごまかしていたが。どうりで使用人たちがぎこちなかったはずだ。店でもどこにいるのかはっきりしていなかったのであろう」

「身投げしていたとはねぇ」

「殺されたのかもしれんぞ」

「あの死骸じゃ、はっきりすることはできねぇらしいです」

「体に刺し傷などはなかったのか」

「腹に痣《あざ》があったということでした」

「刺された傷ではないと」

「へぇ、そのようで。検視した医者は、肺には水が溜まっていねぇので溺死《できし》ではねぇだろうといってましたが」

「死因はなんだったのだ」

「おそらく、頭の後ろに大きな傷があるので、誰かに殴られたのだろうということです」

「やはり、身投げではないな」

うううむ、と千太郎は唸りながら、

「それにしても都合よくお松が死骸となったものだな」

「なんの都合がいいんです？」

「お加代は皿を割ったのはお松だと言い張っていた。そこにお松の死骸が上がった。都合がいいではないか」

「なるほど……雨に死骸が流されて出てくる。それが最初からの腹積もりだったというんですかい？」

「当て推量でしかないがな」

「というと、お松を殺したのはお加代ですかい？　なんのためでしょう？」

千太郎は唸り続けているだけだ。

「なにか見当がついているんじゃねぇんですかい？」

「はてなぁ……」

なにか千太郎がいいかけたとき、片岡屋の玄関に浜伊勢屋からの使いが来ていると声がかかった。

弥市が出て行くと、

「大変です。若旦那がかどわかしに！」

小僧が涙でくしゃくしゃになった顔を見せていた。

「出かけたまま帰って来ないとのことです。さっき千両払えという書付が投げ込まれたと大旦那さまが真っ青になっていました」

弥市は、びっくり仰天して奥へと急いだ。

千太郎は、焦って戻ってきた弥市を見て、どうした、と問う。

「仁太郎が誰かに連れ去られたそうです」

「かどわかしか……」

「そのようで……」

「やはり皿を割った問題だけではすまなかったようだ……」

千太郎は、浜伊勢屋に行くぞと立ち上がった。


浜伊勢屋は騒然としていた。

大旦那の幸次郎は肩を落として力が抜けているようだ。

一番番頭の供次郎《ともじろう》はなんとか店を切り盛りしようと考えたらしい。だが、使用人たちが浮き足立っているために、まともに客に対することができなかった。

「大旦那さま……申し訳ありませんが、今日はお休みにしたほうが」

「…………」

幸次郎は返事もできぬほどである。

千太郎の顔を見て、幸次郎は少しだけ望みを持ったような顔をする。はぁはぁと大きく息を吸ったり吐いたりしながら、

「お助けください」

「どうしたというのだ」

「さっぱりわかりません。ばか息子とはいえ私にはひとりだけの男の子、ほかには女がふたりですので、先行き暖簾をしっかり守ってもらうには、あの仁太郎しかおりません」

「重々わかっておる」

千太郎は、頷きながら、

「脅迫状を見せてもらおうか」

幸次郎は懐からそれを取り出した。何度も読んでいるのか、くしゃくしゃになっている。指の跡までついていた。

「早くこちらへ」

弥市が催促をすると、ようやく、よろよろと倒れそうになりながら千太郎にその文

を手渡した。千太郎はおもむろに中身を読んでから、

「お加代はどこにいる」

と弥市に訊いた。

「さぁ……幸次郎さん。お加代はどこにいるんだい？」

「はて……さきほど顔は見ましたが、呼びましょうか？」

それならいい、と千太郎は言葉を返した。

「お加代と皿と……かどわかしには関わりがあるんでしょうかねぇ？」

弥市が首を捻りながら問う。

「さぁ、どうだかなぁ」

千太郎は腕を組むと、

「親分、お加代を探して連れて来てくれ」

合点です、と弥市はその場を離れた。

幸次郎はどんどん顔色が悪くなり、どす黒さが進んでいく。このままにしておくと倒れてしまうのではないかと思えた。

ふたりの娘がおずおずと千太郎の顔色を窺いながら座敷に入ってきた。ふたりとも、派手な色の小袖。頭では簪が揺れている。

「兄さんはどうなるのです？」

年上の娘が眉根を寄せて訊いた。

「おお……お吉《きち》……どうなることやら」

「お父つぁん……怖い……」

「お滝《たき》……」

姉妹の名は、姉がお吉で妹がお滝というらしい。

幸次郎は、ふたりを目の前にしてますます恐怖が募《つの》ってしまったようだ。鈍い動きで千太郎に顔を向けると、

「仁太郎は生きてますかねぇ」

「心配は無用。私がついている」

「そうでしょうが……」

姉妹が不安そうに千太郎を見た。手をしっかり握りあっている。ふたりとも器量よしというわけではないが、まだ十代だろうにその肉《しし》おきは大人である。普段なら若さがはち切れんばかりの匂いを醸《かも》し出しているに違いない。しかし、今日はそれどころではなさそうだ。

姉妹が部屋を出ると弥市がお加代を連れて戻ってきた。

お加代はふてぶてしく、

「だからいったでしょう。若旦那はお松さんを殺したんですよ」

「なぜそう思ったのだ？」

千太郎が訊いた。

「お松さんが若旦那から逃げたかったからですよ。だけどそれを知って若旦那が力ずくでなんとかしようとした。そこで殺してしまったんですよ」

「見てきたようなことをいう」

「だって、皿を割ったのがお松さんだとすれば、ふたりの間でなにが起きたのか、予測がつきます。皆も心ではそう考えているんですよ」

お加代は長い首をさらに伸ばして、艶然とした濡れた目で千太郎を見つめる。

千太郎はいまのお加代の言葉を思案しているようであった。

「親分……下女たちからさらに聞き込もう」

「合点でさぁ」

千太郎は幸次郎に頼んで、座敷を貸してもらった。そこで、奉公人たちひとりひとりに最近の若旦那の行動を訊いたのだ。

だが、これといっておかしな動きをしていたとは見えなかったというのが皆の一致した意見である。

と、使用人たちのひとりから、いままでは耳に入っていなかったことを教えられた。

それは、加代は六兵衛《ろくべえ》という二番番頭に惚れられていた。だが、加代が惚れているのは若旦那なのだ、というものである。確かなことかと何度も念を押して訊いたら、その話をしたおしんという下女は、

「私は、この店にもう十年以上奉公しているんですよ」

だから店の連中の動きを見ているとだいたいのことは見当がつくのだ、と胸を張った。

さらにおしんは、六兵衛は葛西村《かさい》に隠れ家を持っていると語った。

もしそれが真実なら、少し話が変わってくると千太郎は弥市に告げた。

「加代が若旦那を。若旦那はお松を。加代に六兵衛が惚れている……入り組んだ話ですぜ」

弥市は、呆れ顔をしている。

千太郎はすぐ六兵衛を連れて来いと弥市に命じた。しかし、どこを探しても六兵衛の姿はない。

「逃げたんですかねぇ」

「若旦那をさらったのは六兵衛？」

弥市は、勢い込んだ
「どうです？　念のために葛西村に行ってみては」

お加代が、ほらみろという顔で勧めた。

「いまの段階ではそれが一番いい方策だ」

千太郎は、弥市と目を合わせた。

葛西村の家の場所を知っているかと加代に訊くと、驚き顔をしていたが、

「ご案内いたしますよ」

と目を細めた。

「若旦那はおそらくその家に押し込められているんですよ」

「だが、六兵衛が若旦那をさらう理由はなんだい」

弥市は疑問を語った。

「じつは……私は一度、六兵衛さんに手込めにされそうになったことがあるんです。そのとき、私の体は若旦那のものです、それでもいいんですか、と叫んだんですよ。それで力ずくは止まりましたがね」

弥市は、胸くそが悪い話だと呟いた。

お加代は、そんな弥市をにたにた笑いながら見つめている。

「早く六兵衛さんの隠れ家に行きましょう。手遅れになったら大変ですよ。私がご案内いたしますから」

千太郎はお加代に地図を描けと頼む。だいたいの場所がわかればいいのだ、といわれてお加代は書き始めた。

千太郎はそれを弥市に渡して耳打ちをした。

お加代に内容を知られたくなかったのだろう。

弥市は一瞬、驚きの目つきで千太郎を見たが、千太郎は頷き、頼んだぞと肩を叩いた。

へぇ、と弥市はその場から離れた。

千太郎は、幸次郎を呼んで、

「今日のところは帰る。明日、六兵衛の隠れ家に助けに行くから安心しろ」

「しかし……それまでに殺されていたら。それに身の代金は……」

「それまでに用意をしておいてくれたらいい。千両を運ぶのはそう簡単ではない。ついでに荷車の用意を頼むぞ」

ぴりっとしたところもなく、まるで物見遊山にでも行くような千太郎の喋りに、幸

次郎は、はぁとため息をついて、

「本当に大丈夫ですか」

と目をしょぼつかせる。

「大船に乗ったつもりでいるんだな」

頬をかきながら、千太郎はその悪戯っぽい目つきを幸次郎に送った。

七

翌日の明け六つと同時に、お加代を先頭に千太郎と千両箱を乗せた小さな荷車を引く弥市が続いた。

途中、丸木橋を渡るとき車が外れそうになった。慌てて千太郎が手を添えてそれを防いだ。得意顔をする千太郎に、

「後ろから押すとかなんとかしてくれませんかねぇ」

弥市が呟いた。千太郎は知らぬふりである。

ぶつぶついいながら歩く弥市に、お加代がもうすぐですよ、と慰めのような言葉を吐いた。

畑が続く道を歩くと、小さな虫がたくさん飛び交って顔にまとわりつくのを千太郎はふうふぅと吹き飛ばしながら進んだ。

やがて、小さな集落が見えてきた。

「あそこがそうです」

お加代が集落のなかでもはずれにある百姓屋を指さした。一軒屋ではなく母屋とそれに隣接して離れが見えている。

千太郎は弥市にここで待てと指示を出すと。ひとりで家のなかに乗り込んでいった。ごろつきでも家のなかで待ち伏せしていたら困る、と弥市は心配顔で見ていたが、そのような者たちはいないらしい。

するとお加代が私も行ってみますといって、弥市から離れた。

お加代はまるで知ったわが家のようにずかずかとなかに足を運んでいく。外は明るくなっているが、家のなかはまだ薄暗かった。

千太郎の前に人が立っていた。

と、お加代がいきなりその影に向かって突進していった。予《あらかじ》め用意していたのか、手には匕首《あいくち》が光っている。

「六兵衛、死ね！」

なんとお加代はその影を六兵衛と決めつけて、刺したのだ。

刺された影は、蹲《うずくま》って倒れた。

「千太郎さん、早く若旦那を……」

凄惨な顔つきでお加代は千太郎に告げた。だが千太郎はそんな事件が起きたというのに、のんびりしている。お加代は、倒れた六兵衛らしき男を見下ろしている。

「あんたがあたしを乱暴しようとするからだ……若旦那の仇を討ったんだ……」

誰にいうともなく囁いた。

「わっはは」

薄暗い部屋に千太郎の大笑いが響いた。

「ど、どうしたのです」

「お加代、残念だったなぁ……」

「なにがですか」

「浅知恵もここまでだ」

「なんですって?」

「猿知恵とでもいおうか」

「なんて失礼な……」

お加代は、千太郎を睨んでいる。

「猿知恵の謎解きをしようか」

がたんと音がしたのは、弥市も玄関からなかに入ろうとしていた音だった。千太郎は、弥市に目線を送って頷きながら、

「今回の話の芝居を書いたのは、お加代お前だ」

「なにを世迷《よま》い言《ごと》を」

お加代は不貞腐《ふてくさ》れている。

千太郎は話を続ける。

「おそらくお松さんを殺したのもお前だろう」

「だから、どうしてそんなことをするんです」

「お前は若旦那に惚れていた。だが若旦那が追いかけていたのはお松さんだ。お松さんがいては若旦那の気持ちを惹くことはできない。そこでお松を騙して殺した。だがいきなりお松の姿が見えなくなったら困る。そこでお松が皿を割ってその不始末のために姿をくらませた、という話をでっち上げようとしたのだろう」

お加代はじっと聞いている。

「ところが、お前は皿を割っている姿を新兵衛に見られてしまった。そこから計画が

狂い始めたのだろう。仕方なく、若旦那をかどわかして別の芝居を書き始めたのだ」

「どうしてそんなことをしなくちゃならないのよ！」

「お松殺しをごまかすためだ。番頭の六兵衛はあんたに惚れていた。これも使用人たち皆が知っている事実だ。そこで、お前は六兵衛の気持ちを利用したな？　お松殺しは若旦那。そして若旦那殺しを六兵衛に押し付けようと考えたのだろう。千両は自分だけが持って逃げるつもりだったか。それともただの脅しとしてつけ足しただけか」

「ふん、あんな男など屁とも思っていなかったわ。誰があんな男と一緒にやるものですか」

「ほう、ということは六兵衛とは関わりはない、と」

「当たり前です。もう六兵衛さんは死にましたからねぇ、本当のことなど闇のなかではありませんか」

「つまり、お前がやったと白状しているのだな」

「ですから、もしそうだとしても、六兵衛さんがいないのなら、その証をする人はいない、と説明しているんですよ」

「ほう、そうだろうか。本当に六兵衛は死んだかな？」

「なにをいってるんです。さっき私が……」

千太郎は、にやにや笑いながら、大きな声を出した。と、なんと殺されたはずの六兵衛の死体が起き上がったのである。

「な、なんだって！」

お加代の顔が歪んだ。

「ほら、地獄の底から六兵衛は戻ってきたぞ」

千太郎が、薄笑いをしながらお加代を追いつめていく。

「まさか……そんなことが……」

恐怖でお加代は体が固まってしまったらしい。だが、すぐ自分を取り戻すと、

「まだ死んでいなかったのね、もう一度！」

匕首を懐から出すと、刃を抜いて構えた。だが、体が震えてその次の動作に移ることができない。

玄関の上がり框《かまち》にいる弥市にはなにが起きたのかはっきりしたことはわからない。

だが、お加代が追いつめられていく様だけは気がついた。

「お加代、やはりてめぇが下手人だったのかい。どうも最初から胡散臭ぇ女だと見ていたぜ。俺に色目なんか使いやがって、そんな手に乗ると思ったら大間違いだ」

千太郎がさらに追及する。

「若旦那をかどわかしたのはなぜだ」

「ふん」

お加代は、凄艶な姿を残したまま横を向いた。

「答えたくなければまぁいいだろう。だがな、お前がお松を殺させたことはもうしっかりと判明しておるのだぞ」

「どうしてだい！」

「六兵衛が白状しているからだ」

「まさか」

「そうかな、では……出てくるんだ！」

千太郎は、誰にいうともなく叫んだ。すると、闇のなかに男の影が浮かんだ。

お加代の顔がその影に向いたと同時に、はっと息を飲んだ。

「あ、あんた……」

影が、お加代のそばに寄っていく。

「来ないで……」

じりじりと下がるお加代の顔は、恐怖に引きつっている。

影が恨みの声をあげた。

「お前、私を騙したね……ふたりで千両持って逃げようなどとうまいことをいって、嘘だったのか……」

「な、なんです、あんたは誰です！」

「私の声も忘れたのかい……」

影の顔が近づくにつれ、大きくなる。

「六兵衛さん……」

ついにお加代は影の顔を認めて呟いた。

「そうだ、あんたに騙された六兵衛だ」

「でも、さっき……」

刺したはずだ、という言葉を飲み込んだお加代の前に、もうひとりの影が近寄ってきた。お加代に刺されて死んはずの人間が立ち上がったのだ。

お加代は蒼白になりながら、

「どうなっているのです……」

立ち上がった影の口から大きな笑い声があがった。

「わっははは」

「誰です、あんたは……」

じりじりと下がりながら、お加代は目を瞠っている。

「おめぇさんが刺したのはこれだ」

立ち上がった何者かが、手を前に出した。その手には匕首の傷がついた大根が乗っていた。

「徳之助、ご苦労だったな」

千太郎が一歩前に出て、ふふっと息を漏らした。

「六兵衛を説得するのは簡単でした」

昨夜、千太郎がお加代に描かせた隠れ家の地図を弥市に預け、徳之助へと渡していたのであった。徳之助はそれを持ち、すぐ六兵衛の隠れ家に向かい、お前は騙されているのだ、すべてはばれたと六兵衛に迫ったのである。

最初、なにがどうなっているのか判断ができずにいた六兵衛だが、とにかく翌日の朝、黙って隠れてなにが起きるか見ていろ、と徳之助は説得したのであった。

「そしてこうやってひと芝居うったというわけだ」

千太郎がにんまりとしている。

六兵衛は、死人のような顔つきでぼうっと突っ立っている。

「私はもう疲れたよ……お前のためにめちゃくちゃにされてしまった……」

六兵衛は吐き出した。お加代に伝えたいのかそれとも皆に知ってもらいたいのか、判断ができない。

「お加代……私はお前のために人殺しまでしたというのに、さっきのあの言葉はなんだね……」

「なんだい、なんのことだい」

お加代はこの期《ご》に及んでまで白《しら》を切りとおすつもりらしい。

千太郎が六兵衛に近づいた。

「六兵衛、すべて喋って楽になれ……」

促されて六兵衛は静かに話しだした。

それによると、六兵衛はある日、若旦那がお松に言い寄る場面を見た。それを加代に教えた。若旦那に惚れている加代に諦めて自分のものになれ、と迫ったのだ。

加代は、その話を聞いて六兵衛の気持ちを利用し、共謀してお松を騙して呼び出し頭の後ろを殴り殺した。皿を割った理由は、千太郎の推理どおりだった。大事な皿をお松が誤って割ってしまった、それを知られたら大変なことになる、と書き置きをさせるつもりだった……。

「だが、その姿を新兵衛が見ていたのは誤算だったのだな？」

千太郎が問い詰める。

「そのとおりでございます」

「若旦那を隠したのはなぜだ」

「それは、若旦那がお松殺しの真相に気がついたからでございます。お松の姿が急に消えてしまい、不審に感じた若旦那はお加代を疑っていました」

「殺した決定的なことを知られたのか」

「そこまではどうかわかりませんが、若旦那はお加代に問い詰めたそうです」

「お加代、そうなのか？」

「ふん、六兵衛さん、なにをべらべらとかってなことを喋ってるんだい。なんの証拠もないじゃないか。あたしはまったく知りませんよ」

その不敵な態度に、千太郎よりも六兵衛が呆れてしまった。

「お前って女は……」

「なんだってんだい。ふん、いいさ、こうなったらすべて白状してやるよ。そもそも六兵衛さん、あんたがあたしの体を欲しがったのがきっかけじゃないか」

「お松を殺せといったのはお前だろう」

「そうさ……若旦那はお松にしか目がいかなかった。あたしは悔しかったんだ」

「だからといって殺さなくても」

千太郎が口を挟む。

「あたしは若旦那が欲しかっただけなのに……」

最後は自嘲的な言葉を吐いたが、

「いまさらそんなことをいっても遅い。仁太郎はどこだ」

千太郎の問いに、お加代はちらりと横目で見て、

「この先の空き家に放り込んでありますよ。ふん、六兵衛さん、あんたがもっとしっかりしていたら、若旦那は私のものになっていたのに……」

「本当にそんなことを考えているのか？　人ひとりを殺しておいて……」

「もちろんですよ……若旦那は私のものなんだ！」

「仁太郎はどうやって連れてきたのだ」

「あははは、あの男はばかさ、話し合いましょうと誘ったらのこのこ出てきた。そこを六兵衛さんが待ち伏せをしていて、縛り上げたんだよ」

あはははと大声で笑いだした。腹を抱えながら笑い続けるお加代の姿は哀しい。

千太郎を筆頭に六兵衛、弥市、徳之助はお加代の目に異常な光が宿り始めている姿を認めた。

八

　仁太郎は助け出され、お加代と六兵衛は捕縛された。

　事件が落ち着いて数日経ち……、弥市は千太郎に訊いた。

「初めからお加代に目をつけていたんですかい？」

「六兵衛の居場所をあんなに熱心に教えてくれたときに間違いないと思ったのだ。それにお加代は若旦那に惚れていた。だが若旦那はお松にぞっこんだった。そのお松が消えたとなると、得をするのは誰だい」

「なるほど」

　弥市は、千太郎の顔を見て、本当に自分が誰かもわからねぇのかなぁ、と不思議な思いを抱くのだった。

「そういえば植木屋の新兵衛はお加代にぞっこんだったような気がしましたが」

「あはは、あの男も女を見る目がなかったと諦めるだろう」

「そうですねぇ。可哀想に……」

「どうだ、また十軒店の店に行こうか」

千太郎が頬をかく仕草をしながら誘いをかける。

「では、事件解決の祝杯といきますか」

そばで修復された柿右衛門の皿を見ている片岡屋は、じろりとふたりを睨んで、

「遊びばかりに精を出されても困りますよ」

「なにをいうか、それを高値で売ろうとしているのはどこの誰だね」

千太郎の言葉に、片岡屋は、

「それはこちらも商売ですからね。ただで働かれては困ります。まぁ、今回はこれが手に入ったことでなんとか元を取ったということにしておきましょう。前回は本当に二束三文の茶器しか土産はありませんでしたからねぇ」

「治右衛門……強欲なことをいってると後で痛い目にあうかもしれぬぞ」

「商いは、もともと強欲な仕事なのですよ」

鉤鼻を撫でながら治右衛門はうそぶいた。

千太郎は弥市に顔を向けると、商人にはかなわぬ、と呟いた。


それから半刻。

日本橋、十軒店は端午の節句前の賑やかさを誇っている。

そぞろ歩きをしている人たちのなかに、由布姫と志津の姿があった。志津は宿下がりを終わり、今日は本来の姿である。そうはいっても、若衆姿で歩く由布姫のお守《も》りなのだから気は抜けない。

「姫さま……先日、例のお侍の背中が見えたのはこのあたりでしたが」

「そうでしたねぇ」

由布姫はあまり元気がない。

「どういたしました？」

「あまり期待はできないと思って……」

「会えないと？」

「こうすれ違いばかりでは悲観するしかないでしょう」

「姫さま、そんなことを言葉にしてはいけません。言葉に出すとそれが本当のことになってしまうとよくいいます」

「では志津は、お前が心奪われている人に会えると考えているのかえ？」

「もちろんでございます。そのうち必ず、ふたたび会えると……」

そういいながらも志津の目はどこか沈んで見えた。

由布姫はそれを敏感に感じ取った。

「やはりそなたも同じように思っておるのだな」

「いえ、私は信じています。ですから姫さまも心から叶うと……」

「そうですね」

「ここで諦めてしまってはいけません」

「でも志津」

「はい？」

「私は祝言を控えているのですよ」

嗚呼《ああ》と由布姫は嘆いた。

「それなのに、私はなにをしているのか、とときどき自分を叱るのです……」

「…………」

「いっそのこと、姫などやめたい……」

「しかし、そうはいきません」

「わかっています……」

由布姫と志津が嘆きの顔を突き合わせている。

と……。

「姫さま！」

志津の顔が強《こわ》ばっていた。

「どうしました？」

「あ、あれ、あそこ……」

「なに？」

志津が指さす先に、いままで話題になっていた男の姿が見えていた。色白に長ひょろい顔。目は細いがきりりとした鼻筋……。

「あ、会えました……」

由布姫が志津の袖を摑んだ。

「あれ、あそこに！」

「今日こそは、名前を訊き出しましょう」

由布姫と志津は、空色の小袖に黒の羽織を着た侍の後ろ姿を見失ってはいけないと早足で追いかけ始めた。

第三話　埋《うず》み花

一

初夏の陽光は愛宕《あたご》神社の屋根瓦を照らし、それはまるで平安の頃の甍《いらか》のように見えるほどである。

端午の節句は過ぎ、花が咲き乱れるほど江戸は華やかな時期を迎えている。

愛宕神社は、男女の出会いや好き合う者同士が思いを遂げられるとされて、若い者たちには人気の場所であった。

本町にある料理屋、田原屋の若旦那、浩太郎《こうたろう》は華やかな初夏の衣装をまとって歩いている女たちに目を奪われながらも、参道を埋め尽くしている屋台を見回した。

「たいそうなものだねぇ」

つい、そんな台詞《せりふ》が出る。

それほど、人出が多いのだ。

「若旦那……なにか食べませんか」

お供の、元助《げんすけ》が腹をすかせている。

「腹が鳴ってるのか？」

「はぁ、まぁそんなもんです」

元助はまだ十六歳。小僧からそろそろ手代に出世させてもいいだろうと浩太郎は考えているのだが、周りからはまだまだと止められ、いまだ浩太郎のお供をさせられている、にきびも華やかな男だ。

「それにしても、賑やかなもんですねぇ」

元助は、こういう機会でもなければ簡単に出歩くことなどできない。それで、見るもの聞くものすべてが刺激になるらしい。

「あそこがいいかい？」

浩太郎が指さした。

「あれ？　なんです？」

「てんぷらじゃないか」

「はぁ、てんぷらですか……」

てんぷらは庶民の食べ物だ。

魚を中心に揚げてあり、串に一本刺しになっている。

「嫌だというのかえ？」

近頃流行《はや》りのぞろっぺえな格好をして、浩太郎は階段を登り始めた。

「あれ？　食べないんですかい？」

「ん……ちょっと上に行ってみよう」

「まずは腹ごしらえをしてからにしましょうよ」

元助は、お参りよりも食い気である。

だが、浩太郎はなぜか目に力がこもっている。

「どうしたんです？」

疑問に感じた元助が訊いた。

「ほれ……いま先に行った女がいるだろう」

「はぁ……あちこちにいますが」

「お前は目がないねぇ。あの薄桃色の小袖を着た娘だよ」

「あぁ……あの女。それがどうしました？」

「顔を見なかったかえ？」

「まったく見てませんが」

「お前はやはり色気より食い気なんだねぇ。それじゃぁなかなか出世できないのもわかりますよ」

浩太郎は呆れ顔をしながらも、先に階段を登っていく娘から目を離さずにいる。

「若旦那、その女、どんな顔をしているんです？」

「はっきり見えなかったから、じっくり見たいと思ったのさ」

「なんだ」

「なんだとはなんです。男と女の出会いというのはそんな簡単なところから始まるんですよ」

「そんなもんですかねぇ」

元助は、さっぱりわからねぇと尻をかいた。

「まったくお前は……」

浩太郎は苦笑しながらも、娘から目を離さない。

「で、どっちの女に目をつけたんです？」

元助はそれでも興味はあるらしい。

「見てごらん……ふたりいるだろう？」

「へぇ……」

浩太郎が視線を送る先には、確かにふたりの娘が歩いている。

ひとりは、薄桃色の小袖に黒っぽい帯を締めている。もうひとりは、路考茶《ろこうちゃ》に同じく黒の帯だ。

「どちらも大したことはないですよ」

元助が生意気な口をきいた。

「お前は見る目がないねぇ。おそらくあの格好ならどこかの商家の娘だろうが、まぁ大店の娘ということではないかもしれないが……」

「本町、田原屋の若旦那には釣り合いません」

「いまさら釣り合いなど関係ありませんよ。お互い心を寄せ合っているかどうかです。お前も若いんだから、店同士の釣り合いなんぞ考える必要はありません」

「しかし、大旦那さまはそうはいきませんや」

「……まぁ、そこが問題だけどね」

眉をひそめる浩太郎だが、

「おっと、そんなことを喋っているから少し離されてしまいましたよ」

急ぎますよ、と早足になって階段を上がっていった。

登りきると、そこは本堂の前で広場のようになっている。そこにも屋台が並び、うまそうな匂いを風が運んでいる。あちこちの屋台には、人が並んだり床几の上に座って談笑している姿が見られた。

「若旦那……」

元助が浩太郎の袖を引っ張った。

「なんです？」

「ですから……あそこに蕎麦屋が」

「まったくお前は。本当に食い気だけなんだから」

と、数人の汗臭い男たちがすれ違っていった。ひとりが元助にぶつかり、

「てめぇ……邪魔だ、小僧め！」

怒鳴られて元助は、なんだと、と意気がった。しかし相手は大男であった。

「なんか文句あるのか！」

上から見下ろされて、元助はすごすごと引き下がる。

「いえ、なんでもねぇです」

「ばかやろう、すっこんでろい！」

大男は、じろりと浩太郎をもひと睨みしてその場を離れた。

「なんだい、ちきしょーめ」

「お前もだらしないねぇ」

「しかし、あんな相撲取りのような大男とは喧嘩しても勝てる気がしませんや」

「それはそうだろうけどねぇ」

浩太郎は神保小路にある町道場で剣術を習っている。ある程度の心得があるから、理不尽なごろつきの乱暴な行動には腹が立つのだ。

といって、自分の腕をこんなところで使うと、師範の佐田治五郎《さたじごろう》に叱られることも知っている。

治五郎には、剣術は心の修行をするのであって、喧嘩のために習うのではない、といつも厳命されているのだった。

「若旦那……どうしたんです？」

元助が問うと、浩太郎の目はらんらんと光っているように見えた。

「なんです？」

不審に感じた元助が、浩太郎の目の先を見つめると、

「あ！　さっきすれ違っていったごろつきどもです」

なんと、浩太郎が尻を追いかけようとしていた女たちに因縁を付けているような雰囲気なのである。

「若旦那……」

元助が顔を真っ赤にして、

「あんな連中、放っておくんですかい？」

浩太郎には腕に覚えがあると知っている。

「しかし……喧嘩は……」

「尻込みしている場合ではないですよ」

「わかってるけどねぇ」

「あの女たちに自分を売るにはいい機会じゃねぇですかい」

さっきまでは子どもの意見を述べていた元助がいきなり強気になったのを見て、浩太郎は苦笑いをする。

「ええい、じれってぇなぁ」

と元助は前に出ると、

「やめろ！　そこのばかやろう！」

大きな声で叫んでしまった。

「ばか……なんてことを」

浩太郎が元助の袖を引っ張ったがもう遅い。

「誰だ、いま叫んだのは！」

さっきの相撲取りのような男が浩太郎に目を向けた。指をぽきぽきと鳴らしながらこちらに近づいてくる。

「若旦那……あとはよろしく」

「なにが、よろしくです……」

浩太郎は、そういいながらも目に力が入っている。ここまできたら逃げるわけにはいかないと決心したのか、全身に力がみなぎっているように見える。

「さっきのばかやろうかい」

大男は、元助を睨んだ。

「相手は私だ」

浩太郎が元助をかばって前に出た。

二

「な、なんでぇ、誰だいてめぇは。よけいなところで出てきやがって、邪魔だ、どいてろ！」

大男の驚きかたは大げさだった。なぜかきょろきょろと周りを見渡している。

「名前などどうでもいいだろう」

羽織も長く、ぞろりとした当世流行りの格好をした男を見て、大男は舌なめずりをする。

「おい、色男。命をなくしてもいいのか？」

浩太郎は、大男をじっと見つめる。

「なにをそんなに見ているんだい」

「……隙を探しているのさ」

「なんだと？」

大男は目を細めると、指をぽきぽき鳴らして、大笑いをした。

「わははは。面白ぇことをいうじゃねぇかい。俺の隙を探しているんだとよ」

横に並んだり、後ろにいる仲間たちに声をかけた。

「笑わせるぜ」

仲間たちは薄ら笑いを見せる。

「そうやってられるのもいまのうちだ」

浩太郎は、腰を下ろし、道端に落ちていた木っ端《こっぱ》を拾った。剣の代わりになるものを探していたのだろう。

「さぁ……これでいい」

浩太郎は、不敵に笑った。

「ほう……味なことをやるじゃやねぇかい」

「だからいっただろう。隙を探してると」

「棒振り遊びをやっているらしいな」

「子どもの遊びとは違いますよ。悪人をこらしめる遊びですからね」

「ふん……まぁいいさ。お遊戯の時間だ」

大男は、そう叫ぶと四股《しこ》を踏みだした。

「元は相撲取りかい」

「これでも十両まで行ったんだ。山風《やまかぜ》ってんだぜ、知らねぇかい。ついでに教えてやろう。おれの塒《ねぐら》は深川の仲町《なかちょう》だ。文句があったらいつでも探して来るがいいぜ」

「褌担ぎかと睨んだがなぁ……」

浩太郎はわざと相手を怒らせる作戦に出たらしい。だが、喧嘩慣れしているのだろう、山風は、ふんと鼻を鳴らしただけだった。

「後で吠え面《づら》かくなよ……」

さすがに力はあるのだろう、土俵とは違うので手を突きはしないが、腰を屈めて浩太郎に対峙した格好はさまになっていた。

浩太郎の額から汗が噴き出てきた。

「どうしたい……さっきまでの勢いが消えたみてぇじゃねぇかい」

山風は、含み笑いをする。

浩太郎は動けなくなってしまった。額から溢《あふ》れる汗が垂れ始めたのは、暑いからだけではなさそうだ。

「これは危ねぇ……」

本堂の前にある木陰から成り行きを見ていた元助が、拳を握っている。

それ以上にはらはらしながら浩太郎を見つめているのは、山風たちにちょっかいを出されていた娘ふたりであった。

唇を震わせながら見守っているのだが、浩太郎の形勢はいいとはいえない。だからといって自分たちがなんとかできる問題ではないのだ。

娘ふたりはお互い目を交わすが、言葉にもならずに手を握り合っている。

「おい……かかってこねぇのかい」

その頃になると野次馬が周りに集まり始めていた。無責任に、早くやれ、負けるな若いの、山風！　そんなひょうろく野郎はすっ飛ばしてやれ、とかってなことを叫んでいる。まるで相撲の興行を見ているような騒ぎだ。

そんな声に刺激されたのか、ぽんと腰を叩いてから山風は浩太郎に向かってにじり寄っていく。

浩太郎は思わず下がってしまった。構えていた体制が崩れた。

その瞬間を山風は見逃さなかった。

「そりぁ！」

かけ声とともに、体には似合わぬ速さで浩太郎の前まで走り寄った。大きな手が前に出た。相撲の突っ張りだった。

「あぶない！」

浩太郎を贔屓《ひいき》にしていた野次馬が目をつぶったそのときである、

ぐぇ！

蛙が潰されるような声があがった。

倒れているのは、浩太郎だろうとその場にいる誰もが思ったはずだ。しかし、なんと腹を上に向けてひっくり返っているのは……。

「あ！　山風が！」

野次馬たちは目を疑っている。

もっと驚いているのは、浩太郎だった。

「なにが起きたんだい」

「天狗が通って行ったんだ」

「そんなばかなことがあるかい」

野次馬たちは、思い思いの言葉でその場の状況を伝えようとするが、あまりにも意外な結果と、その間、なにが起きたのか、説明のできないもどかしさで、

「誰か、いま起きたことを謎解きしろい！」

と叫ぶ野次馬もいるほどだ。

「くそ……てめぇなにをしやがった」

山風は、横腹を抱えている。立ち上がろうとしても、痛みで動けないらしい。

浩太郎は、木っ端を手にしたまま周りに目をやった。

「すごい技を見たものだ……」

「なんだと？」

山風は、呻きながら訊いた。

「おめぇがやったんじゃねぇのかい」

「違う……あのお人だ」

浩太郎が指差した先には、空色の小袖に黒の羽織。朱鞘の二刀を腰に差して背筋がすっきりと伸びた侍だった。後ろ姿なので顔は見えない。

「そうかい……やられた俺が誰になにをされたのかまったく気がつかなかったが……さすがに、剣術道場に通っているだけの目はあるらしいな」

山風がぺっと地面に唾《つば》を吐いた。ようやく立ち上がることができるようになったのか、そろそろと腰を上げると、

「くそ……おめぇとはまだ勝負はついていねぇぞ」

構えようとしたが、ふたたびどうとその場に倒れてしまったのである。

「本当になにをしやがった……」

同じ台詞を吐いて、山風は寝転がってしまった。

「私は帰りますよ」

浩太郎は、動けずに蠢《うごめ》いている山風を見下ろして告げた。

そこに娘ふたりが浩太郎のそばに寄ってきた。

「ありがとうございました……おかげで助かりました」

色黒のほうの娘が頭を下げた。

「あ、いや……私は……」

「いえ……誰かが走り去りあの元相撲取りが倒れたのはわかっております。でも、あなたさまが出てくれなければ、こういうことにもならなかったでしょう」

「そういってもらえたら、私も出しゃばったかいがあるというものです」

浩太郎は素直に笑みを浮かべた。

「それにしても……」

もうひとりの色白の娘が呟いた。

「あのお方は、誰だったのでしょう？」

「まるで風のようでした」

色黒のほうが、去っていく侍の後ろ姿を見つめる。

「あなたたちには見えたのですか？」

怪訝な目で浩太郎が問う。

「おそらく、そばにいた人たちのほうが気がつかなかったのでしょう。私たちは離れていたので、さぁっと人がふたりの間に入って、相撲取りの横腹に手でなにかしたようなところまでは見えました」

「そうですか……手で……手刀でしょう」

浩太郎は、頷いている。

「それも相当に腕が立つお方だ……」

そこに元助が小走りに寄ってきて、

「若旦那……さすがでした」

浩太郎とふたりの娘は、元助の顔を眺めて、大笑いをするしかなかった。

しかし、この四人の姿をじっと陰から見ている目があるのを、ひとりとして気がついてはいなかった。

三

「千太郎の旦那……」

「ん？」

「あんな悪戯をなさって……」

「悪戯ではないぞ。あの若いのを助けてあげたのではないか」

「まぁ、そうですが」

弥市は千太郎の後ろを歩きながら愛宕神社の階段を降りていく。

「それにしても、たまたま来てみたらあんな場面にぶつかってしまって……結局、お参りはしないままです」

「人助けをしたのだからいいではないか。神仏はしっかり見ていてくれたはずだ」

「しかし、あれはなんです？」

「なにがだ」

「あっという間に、あのでかい野郎が転がってしまったじゃありませんか」

「なに、横腹の急所に手刀を当てただけだ。たいしたことではない」

「放っておいたらあの若いほうはどうなっていました？」

「おそらくあの突っ張りで突き飛ばされている。へたをしたら腕の一本も折っていたであろうな」

「へぇ、あの元相撲取りはそんなに強かったんですかい？」

「それはそうだ、あの体格の男が全身でぶつかっていくのだ、二間《けん》は吹っ飛ばされたであろう」

「そんなにですかい？」

「相撲取りの力をばかにしてはいけない……」

「あの山風という男を見ていると、確かにあんまりばかにしてはいけねぇと思いました」

「あの若い男もうまく逃げただろうから、これでよしというところだ」

「しかし……」

「どうした」

「あっしは、どうもねぇ、ちゃんとお参りをして帰りたかったと、まぁ、そんな風に思いましたが」

「また来ればよいではないか」

「でもねぇ、愛宕神社までそうそう来ることはありませんから」

千太郎は、たいして気にしていない表情をしながら、

「これから戻るのも面倒だ。また来よう」

緊張感のない千太郎の言葉に、弥市はまたのんびり節が出てきたかと苦笑する。

「それにしても千太郎の旦那は、のんきですねぇ」

「そうかな？」

「だってそうじゃありませんか。ご自分の身分や家のことだけでなく、自分の名前まで忘れてしまったんでしょう？」

「ふむ」

「それなのに毎日、平常に暮らしているんですから感心しますよ。もしあっしがそんなことになったら、頭がおかしくなってしまいますぜ」

千太郎は、わっはははと大声で笑うだけで、それに対する返答はしなかった。

「ところで旦那……」

「なんだ、改まって」

「いえ、ちと訊きてぇことがありやして」

千太郎は、足を止めて弥市を見つめる。

「ははぁ……顔色が悪いぞ。腹でも下《くだ》したな」

「ご冗談を。昨年の暮に片岡屋を訪ねてきた若いお侍がいましたが」

「あぁ、いたな」

「あのお方はどうしたんです？」

「私が留守のときに数回来ていたらしいがなぁ。そういえば近頃は顔を見せぬが、本当にいかがしたか……」

「旦那とはどんなご関係なんです？」

「あの者は私を知っておるという。だから、以前のことを教えてもらおうと思っていたのだが」

「ははぁ……」

弥市は、あまり得心した風ではない。千太郎がなにかを隠しているのではないかと疑っている目つきである。

「でも、いつまでも自分がわからねぇままというのも困るんじゃねぇんですかい？」

「いや……けっこう楽しいぞ。いままでの自分を捨てたようでなぁ」

千太郎は首をかいた。

「そんなもんですかねぇ」

弥市は、わからねぇなぁ、と呟きながら十手を取り出して扱き続けている。

千太郎と弥市がそんな冗談のようなやり取りをしていた頃、愛宕神社ではほんわかした会話がおこなわれていた。話をしているのは、浩太郎と助けられた娘ふたりである。

娘の名は色黒のほうがお種《たね》。色白の娘はお明《あき》と名乗った。着ているものはお種のほうが絹のいいものを身に着けている。見た目はお種のほうがお嬢さまなのだろう。だが浩太郎は、それより地味な格好ながらも、楚々としているように見えるお明に目が向いている。

「お種さんのお供だったのかい？」

浩太郎が訊いた。

「……はい、まぁ、そんなところです」

「供にしては頼りのない言葉だねぇ」

お種が、浩太郎の前にお明をかばうように立って、口を尖らせる。

「そんなことはありませんよ。お明さんは私にとっては大事な方なんですからね。おかしなことをいうと私が許しませんよ」

怒っているわけではない。にやにやしながらお種はなぜかうれしそうに喋っている。

「おや、そうでしたか。それは失礼いたしました」

「おわかりいただけたなら、それでいいんです」

お種は、口を開けて笑った。

「お嬢さんは活発なんですねぇ」

「あら、そうですか？　お明さんのほうが頭がいいのですよ」

するとお明がちょっと困ったように目を細めて、

「お種さん、そんなに持ち上げなくても」

「あら……お明さん。そんなことはありませんよ。あなたさまはいい娘さんです」

「まぁ……」

ふたりの間には不思議な雰囲気が流れているようだ。浩太郎は、かすかに首を傾げながら、お明に声をかけた。

「いつもそんな話し方をするんですかい？」

「……え、えぇ」

「へぇ、まるでお嬢さんと下女の関係が逆のように見えてしまいますねぇ。なにか私にはわからない関係があるように見えますが……」

浩太郎は、ふっと笑みを浮かべた。

お明は息を飲んだようだった。そんな仕草を見ると、ますます浩太郎は不思議な印象を受けるのだろう、

「お明さん、年齢はあなたが上なんですかい？」

「……浩太郎さん。どうしてそんなことを気にするのですか？」

逆に訊かれて、浩太郎は目を瞠る。

「あ、いや、別に……そのなんだな……」

「はい？」

きりりとした表情で、初めに感じた印象とは少し変わってしまった。

大人しい娘だと見ていた浩太郎は、追い詰められて少し考えを改めないといけない、というような目つきでお明を見ている。

「いや、嫌な思いをさせたら謝る。取りたてて他意はないのだ、許してくれませんか」

ていねいにお辞儀をする浩太郎に、お明は頬を緩めた。

「お種……」

呼び捨てにした。

ふたたび浩太郎は驚いて目を開き、口まであんぐりと開けた。

「はい、なんでしょうか、お嬢さま」

「もう、いいでしょう。本当のことを教えてあげましょう」

そういうとお明は一歩前に出て、浩太郎の前にすっくと対峙した。それまではお種の影に隠れていると思っていたのだが、まるで反対だということに浩太郎は気がついた。

「ははぁ……やはり、おふたりは逆《さか》さまですね」

「わかりましたか？」

「そう考えたらすっきりするなぁと考えていましたよ」

「はい……」

「でも、どうしてそんな面倒なことを？」

浩太郎が怪訝な顔で問う。

「自分たちが楽しむという理由もありますが、こうして私がお供としていたほうが、近づいてくる人がなにを狙っているのか、またどんなことを考えているか、それがはっきり見えるんですよ」

「ははぁ……なるほど」

「私たちに接する態度がまったく違う人など、そういう人とはお付き合いしたくないですからねぇ」

小首を傾げるお明の仕草に、浩太郎は微笑んだ。

「それはいいお考えです」

お明の目が優しくなった。

「ところで……お名前はまだでしたね」

「そうでした。私は、本町にある料理屋、田原屋の浩太郎という者です」

「あら、田原屋さんの……」

「知ってますか？」

「田原屋さんはけっこう名の知られた料理屋さんではありませんか」

お明はもちろん知っているという顔つきをしながら、

「私は鍋町の小間物屋、沢田屋のお明です」

「おや、これはこれは。まさか沢田屋のお嬢さんとは……」

驚く浩太郎を見て、お明は顔をほころばせる。

浩太郎は納得顔をして、

「それじゃぁいろんな人がいろんな思惑を持って近づいてくるでしょうねぇ。お種さんと入れ替わって人を見るというのはなかなか賢明ですよ」

浩太郎は感心顔をする。

田原屋は本町では上方《かみがた》風の料理を出すことで知られる料理屋であり、沢田屋もていねいな仕事をする職人を三人抱えていて、人気のある小間物屋だった。

それを知ったことでふたりは急激に近づくことになったのである。

片岡屋の座敷に差す陽も春のやわらかさから初夏の鋭いものに変化し始めている。どこから来たのか、野良猫が一匹縁側のそばで寝そべっていた。

治右衛門は猫になにか食べ物を投げている。猫は一度ちらりとそちらを見たが、いかにも面倒くさいという顔つきでまた居眠りに戻った。

それを見て、治右衛門は苦笑いをするしかない。

そんな腹いせなのか、そばでぼんやりしている千太郎に目を移すと、

「これからお客さんがきますからね、そんなのほほんとした顔はやめてくださいよ。もっとしゃきっとしてもらわないと」

「おや、猫がいうことを聞いてくれないからといって、そんなに私を苛《いじ》めることはあるまい」

「苛めてなどはいませんよ。きちんと仕事をしてくださいと申しておるだけです」

鉤鼻をかきながら、治右衛門はじろりと千太郎を睨んだ。額と顎には汗の玉が滲んでいる。

四

目も鼻も口も大振りな作りをした顔つきの客が腰を屈めながら入ってきた。

「片岡屋さん……お久しぶりです」

「はいはい、いらっしゃい」

「またなにか出物がないか探しに来ました」

大きな目をぎょろりとさせながら、治右衛門の前に座った。

手もごつごつしていて職人のような感じを受ける男で名を常五郎《つねごろう》といった。

「沢田屋さんは、掛け軸が好きでしたな……」

治右衛門はそういうと、そばに置いてある丸められた掛け軸を手に取って伸ばした。

開くと水墨画が描かれてあった。

「なるほど……これは老子《ろうし》ですかな？」

興味深そうに常五郎が上から覗き込んだ。

「そうです。老子が弟子たちになにやら教えているところです」

「ほう……」

常五郎は、じっくりと上から下まで大きな目をぎょろりと動かしながら、見つめている。

「なるほど、これはなかなかいいものです」

そういいながらも、傍《かたわら》でのほほんと座っている千太郎に目を移した。怪訝な目をしている。

「片岡屋さん……このお方は？」

「お会いするのは初めてでしたかな？」

千太郎にきちんと挨拶をしろ、という目つきをしながら、うちで目利きを頼んでいるお方です、と紹介した。

「ほう……目利きを」

常五郎は、その長ひょろい顔を見つめて、

「なかなかあなた様の顔は異相ですなぁ」

「ん？　そうか」

「なんだかご大身のような横柄《おうへい》な態度ですねぇ」

ぎょろりと目を動かした。

千太郎は、そんな不躾《ぶしつけ》な常五郎の態度にも取りたてて怒った様子もなく、

「それは誉めたのか」

と表情の変わらぬ顔で訊いた。

「もちろんでございます」

といいながらも、どこか訝しげにしているのは否《いな》めない。そんな態度には慣れているのだろう、千太郎は、すっきりと通った背筋を伸ばしたままにこりとした。

常五郎は、なにかいおうとしたが途中でやめて、治右衛門に体を向けると、

「この掛け軸、なかなかのものですが、この目利きのお方の意見をお聞きしたいのです。いかがかな？」

治右衛門が千太郎に視線を向けたところに、弥市がやってきた。

弥市は、なんとなく居心地の悪さを感じた。なにしろ、目の前には高そうな掛け軸が拡げられている。

「おや親分……なにか用かね？」

笑顔とは縁のなさそうな治右衛門が、ちらりと弥市を見る。そこにかすかな微笑みらしき匂いが感じられたのは、おそらく商売がうまくいきそうだからだろう、と弥市は睨んだ。

しかし、また弥市は面倒な話をしなくてはならなかった。

「千太郎さんに用事があるんですがね」

「お前さんが顔を見せると必ずそうだよ」

「すみませんなぁ、ちょっと千さまをお借りしてもいいですかね」

「千さま？」

「千太郎さんだから千さま。いけませんかい？」

「いや、別に文句はない」

治右衛門は、薄ら笑いをしながら答えた。

弥市は、そばにいる目の大きな男が気になったが、

「じゃ、千さま……ちょっといいですかい」

千太郎は、ふむと口のなかで答えるような返事をすると、では、行こうと立ち上がった。

「ありがてぇ」

思わず弥市は、手をすり合わせた。

ぎょろ目の男が、え？　っという目つきで千太郎を見つめると、

「目利きはどうしたんです？」

「気にするな、買うのはあんただろう」

足早にその場を離れてしまった。

常五郎は、不機嫌そうな目をして千太郎を睨んだが後の祭りである。

千太郎と弥市は片岡屋を出ると、山下から上野のお山に登っていった。春は桜の名所だが、いまもそぞろ歩きをするにはなかなかいい季節だ。

登りきった広場にはよしず張りの水茶屋が並んでいる。千太郎はそのなかの一軒に立ち寄った。竹の棒に旗が揺れていて、そこには甘酒と文字が書かれてあった。

千太郎は長床几に腰を下ろした。寄ってきた赤い前垂れを下げた女に、にっこりしながら甘酒をふたつと頼んだ。

弥市は、甘酒よりは本当の酒がいいというような目つきで千太郎を見たが、知らんふりをされ、

「さて、親分。誰が殺されたのだ？」

「どうして人が殺されたとわかったんです？」

「親分がそんな苦虫をつぶしたような顔で来たら、子どもでもわかることだろう」

「さいですか。では……」

弥市はおもむろに事件のあらましを話しだした。

死骸があがったのは、日本橋川に繋がる掘割である。そばに魚河岸があり、魚屋の信治《しんじ》という男が見つけたということであった。

そのとき検視に来ていたのは弥市に手札を渡している木村《きむら》衆五郎《しゅうごろう》である。

「どんな塩梅《あんばい》です？」

呼ばれて現場に足を運んだ弥市が訊くと、衆五郎は、あぁと頷いて薦《こも》を開けた。

弥市は、覗き込んだ。

「……あれ？」

「どうした」

「この顔、どこかで見た覚えがあるんだが……思い出せねぇ」

弥市がやたら首を捻りながら死骸を確かめると、首の後ろに痣《あざ》があり、匕首《あいくち》の鐺《こじり》で殴られたらしい。そばに匕首が落ちていた。

「どうして匕首があるのに刺さないで殴り殺したんですかねぇ？」

「それはわからんな」

衆五郎は首を傾げながら千太郎を見つめる。なにか意見はないかという目つきだ。

そこに、町役人が浪人を連れてきた。女の身元を知っているというのだ。衆五郎が

訊くと、

「この女は沢田屋の下女だ。名前をお種というはずだ。鍋町の沢田屋という小間物屋の下女だよ」

鼻が少し曲がっていて、それがどこか信用ならない顔つきに見える。浪人というわりにはいい着物を着ていた。酒の匂いをさせていたが、目つきは油断のない鋭さを持っているように見えた。

「知りあいか」

衆五郎が、十手をぶらぶらさせながら問う。

「いや、それほどでもない。ときどき沢田屋には行くからそのとき見たことがある」

「それは助かった」

「しかし誰が殴り殺したのか……」

といって浪人は薦をかぶっているが死に顔が寝たように見えるお種を見つめている。やがて、浪人は手を合わせてからその場を立ち去ろうとした。

それを衆五郎が止めて、

「一応、お名前を聞いておきたい」

「富田松之助《とみたまつのすけ》という。連雀《れんじやくちよう》町の、左五郎《さごろう》長屋に住んでおる」

「ご浪人かな?」

「見たとおりの傘貼りでござるよ」

わっはははといって、松之助はその場を離れた。

衆五郎は弥市にそっと耳打ちをして、松之助をつけろと命じた。住まいが本当かどうか調べろ、というのだ。怪訝な顔をしたが、弥市はそっと松之助の後を追っていった。

帰ってきた弥市が千太郎に、

「浪人がいうのは本当でした。左五郎長屋に住んでいましたよ」

少し確かめるような目を向けた。

「あの愛宕神社でもめ事があったのを覚えていますか?」

「当たり前だ、あれは数日前のことではないか」

「そうでした。仏さんは、あのときの色が黒いほうの女なんです」

「それはまた、奇遇な」

「奇遇というんですかねぇ」

千太郎はそうかといいながら、

「見た目は色黒が威張っていたが、本当は逆であろう。色白のほうが主人なのではなかったか？」

「そうなんでさぁ。沢田屋に、お種が殺されたことを知らせて来たんですがね、一緒にいたときには、あの色黒のほうがお嬢さんで、色白のほうが下女だとばかり思っていたんですが逆さまだったんです。最初から気がついていたんですかい？」

「ふたりの歩きかたや仕草を見ていたら簡単に気がつくことだろう」

「さいですか」

弥市は千太郎の目の確かさに改めて感心したのだが、

「ですが、下手人はまだわからねぇでしょうねぇ」

「当たり前だ。まだなにも調べてはおらぬ」

「はぁ、そうでした。で、どこから手を打っていきましょうか？」

弥市は、誘うように千太郎の目の光を探った。

千太郎は、いつもなにを考えているのか判断をするのが難しい。

「親分、とにかくその鍋町へ行って見よう」

まだ甘酒が来てないのに、千太郎は立ち上がってしまった。焦ることはないと弥市は伝えたのだが、善は急げだとさっさと先に行ってしまった。

まったく自分の都合だけで動こうとする人だと弥市は思わず囁いた。すると、千太郎はふふんと笑ったのかバカにしたのか意味のわからぬ声を出しただけである。

「鍋町というと、ここからすぐだな」

「へぇ、お成り街道を行けばまぁ四半刻もあれば着くでしょう」

「ところで、殺された場所の周辺にはなにがあるのだ。娘が足を運びそうな場所があるのかな」

「まぁちょっと行けば、本町や駿河町なんぞもありますからねえ。買い物などに行く場所はたくさんありますよ」

「なるほど」

「沢田屋の主人は常五郎というんですが、その娘のお明とは仲が良かったというので、けっこう好きなことをしても許されていたんではないかと思われますが」

「……なんだって？　いまなんという た」

「好きなことが許されたと」

「その前だ」

「……仲が良かった」

「名前だ……常五郎といわなかったか？」

「あぁ沢田屋の主人の名は常五郎です」

「なんと……さっき片岡屋にいた、あのぎょろ目ではないか」

「えぇ！」

ふたりは目を合わせて、早足で戻り始めた。

駆けながら、千太郎が弥市に声をかけた。

「あのぎょろ目は自分の店の使用人が殺されたことを知らぬのか……」

「いま店に伝えてきたところですからね」

ふたりの足は速かった。

片岡屋に戻りつくと、ぎょろ目はまだ座っていた。出されたお茶を口に持って行くところだった。

はぁはぁ荒い息を吐きながら、また、汗を額に光らせながら戻ってきた千太郎と弥市の姿を見て、常五郎はぎょろ目をさらに大きく見開いた。

「どうしたのです？」

のんびりとした声に、弥市が肩を揺らしながら、

「お種が殺されたのを知らねぇんですかい」

上がり框に手を突いた。

常五郎のぎょろ目が小さくなった。

「いまなんと申しました？」

「お種という奉公人がいるでしょう。その女が殺されたんでさぁ」

「まさか……」

細くなった目が、今度は大きくなった。

治右衛門が怖そうな目つきで千太郎を睨んだ。

「どういうことなんです」

千太郎は弥市の後ろから声を出した。弥市が肩を揺すっているのに比べて、千太郎は少しは汗をかいているが、呼吸はまったく乱れていない。ただ頬が上気しているだけだ。

「娘が殺されたらしい。場所は日本橋の魚河岸のそば。常五郎、なにか見当のつくことはないか」

「……はて」

常五郎は不安げに息を吸ってから、

「まったく覚えがありません……」

「お種は娘のお明と仲がいいということだが」

「あぁ、芝居や買い物、それに物見遊山などに出かけるときには供についていますが……まさか娘が？」

「そんな話はしておらぬ。近頃、お種になにか変わったことはなかったか、それを訊いたのだ」

「……奥のことは私にはまったく……」

「お前、女房は？」

「三年前に亡くしました。病死ですが」

千太郎は、ふむと口を結んだ。

「お明とお種は何歳だ」

「お明は十八歳、お種は二十一歳です」

千太郎は、懐手をして思案顔をする。

「なにか年に意味があるのでしょうか？」

常五郎が片眉を上げた。

「いや、その年齢にはいろんな変化が起きるからな。自分だけではなく周りの見る目も違ってくるということもある」

「それは男関係がある、ということですか？」

「それだけではない。親の懐から逃げ出したいという気持ちが生まれることでもある」

「ううむ」

思い当たることがあるのか、常五郎は反論はしなかった。

五

「それはともかく、お種というのはどういう女だったのだ」

「お明とは仲が良かった程度しか……」

「勤めは誰かの推薦かな」

「遠い親類ということなんですが……死んだ女房の関わりなのでよくは知りません。でも仕事ぶりは、お明がいつも連れて歩くほどだから変な人間ではなかったはずですがねぇ」

目をぎょろぎょろさせながら慎重に答える常五郎の態度が、どこかいかがわしい。

千太郎は、じっと常五郎を睨むでもなく無視するでもなく、細い目で見つめた。

そんな千太郎の態度が常五郎に揺さぶりをかけたらしい。

「……じつは、一度だけ……」

「なに？」

　常五郎の顔から汗が噴き出した。弥市は、そのぎょろ目が落ち着きをなくしたのを見て、なんとなく気がついた。

「おめぇ手を出したのかい」

「いや……」

「口説いたんだな？」

「あの少し野卑なところが……」

「おめぇはなんてぇ主人なんだい」

　しかも娘つきの下女に手を出そうとするとはどういうことか。弥市は、苦々しく常五郎を睨みつけた。もっと隠していることがあったらここで喋ってしまえ、という脅しをかけたのだ。

　だが、常五郎はそれ以外、隠していることはない、と汗を拭いた。

「つまり逃げられたのだな？」

「……まぁ、そんなところです」

「力は強かったのか」

「お種ですか？　まぁそうですねぇ。肩を抱こうとしたら、するりとうまく体《たい》を躱《かわ》されたとでもいいますか……」

千太郎は、その言葉にふぅんと呟いて腕を組んだ。

「もう少し訊きたいのだが……お種の体をお前は見たことがあるのかな？」

「……どうしてそんなことを？」

「いや、そう思っただけだ。着替えをしてるところでも覗き見たのであろう」

「ご明察、恐れ入ります。じつはひょんなところでお種が着替えをしている場を見てしまったのです。お明の寝所だったのですが……そのときはお明が着替えをしているのだろうと思っていたのですが」

「それはときどき、お明とお種が着物を取り換えていたからだろう」

「後で訊いたらそのような話でした」

「締まった体に目を奪われたか」

はぁ、と常五郎は恥ずかしそうに尻を動かした。

千太郎は、腕組みをしたままなにかを考えているようだ。

弥市は、じっと千太郎の次の言葉を待ったが、千太郎は少し眉を動かしただけで、口を開きはしなかった。いつものことなのだ。

「親分……。ちと相談があるのだが」

「はぁ、なんです？」

弥市は、十手を取り出した。常五郎に見せるためもある。

「お種について過去を調べてほしい」

「へぇ、ようがす」

「常五郎、親類というのは誰だね」

「それが不思議なんですが、女房もあまり会ったことのない親類だったらしくて。訪ねてこられたときも首を傾げていましたが……」

「おかしいとは思わなかったのか」

「古い話を知っていたので、別に疑いは持たなかったようです」

「なるほど」

「その親類と縁は切れているのかな？」

「そのとき会っただけですから」

「お種になにか疑いでも？」

ぎょろ目がしだいに小さくなっていく。

その問いには千太郎は答えずに、弥市に目を送ってきた。早く調べろという謎だろう。弥市は、十手を懐に入れてその場を離れた。

佐原市之丞は、十軒店にある人形店、梶山の前でうろうろしていた。

店の前にいる客にまぎれようとしているのだが、その動きは他人の目から見たら危険な人間に見えたのではないか。

市之丞は周りの目を無視していたのだが、

「なにかお探しですか？」

前にも顔を見た手代が声をかけてきた。

「探しているといえば、探している」

「志津お嬢さんはいませんよ。お屋敷奉公ですから」

その目つきは半分バカにしている。

「そ、そんなことではない」

「あ、いいんですね」

「なにが」

「探し物はいらないということでしょう」

「そんなことはいうておらぬ」

皮肉な笑いを見せて手代は戻ろうとする。

「ちょ、ちょっと待て」

手代は足を止めて振り返った。

「なんでしょうか？」

言葉はていねいだが、体を斜めにしたますぐ戻ろうとする気持ちを残している。

「今度はいつだ」

「はて。なんのことでございましょうか？」

「おぬしの名は？」

手代は、その問いには答えず戻り始めた。

「ま、待て、待て」

だが手代は振り向かなかった。

市之丞は、呆然としながら手代の後ろ姿を見つめていたが、仕方なくその場を離れるしかなかった。

「自分が悪いのだ」

市之丞は数日前に交した、父親の源兵衛との会話を思い出す。

「市之丞、若君はどうなっておるのだ」

「一度、居場所を見つけましてございます」

「……ほう、だが私の目にはまだ屋敷に戻っているようには見えぬが、なにかな、着替えでもしているのか」

皮肉なことをいう父親だ、といいたそうな目つきを見せて市之丞は、我慢をする。なにをいわれても仕方がない。

「何度も訪れているのですが、いつも出かけいて、留守なのです」

「きちんと調べたのだろうな」

「え？」

「留守といわれて黙って戻ったわけではないだろうな、と念を押しておるのだ」

「う……」

市之丞は言葉に詰まった。

「それは……」

「ち……まったく」

志津というあの娘が宿下がりをすると知ったとき、小躍《こおど》りしたのだったが、その日は屋敷から出ることができなかったのである。

千載一遇の日を逃してしまったという思いで市之丞は、落胆していたのだった。そんな話をしたらどんな雷が落ちるかわかったものではない。

　市之丞は、ただただ畏まっていた。

「まぁ、よい。だが居場所がわかったというたな？」

「はい」

「どこだ？」

「え？　まさか……」

「お前にまかせておくわけにはいかぬ」

「しかし……そんなことをすると大げさな話になってしまい、若殿はますますお屋敷には戻らぬことになるやもしれず……」

「心配するな。私が必ず連れて帰る。なにしろ、由布姫様との顔合わせまで辿り着かねば寝ることもできぬ」

「はぁ……」

　市之丞は、ため息をつくしかなかった。

「で……どこなのだ若殿が隠れているのは」

　市之丞は、山下にある骨董屋、片岡屋を教えるしかなかった。

六

弥市はお種を調べている間に、お明のことで気になる話を仕入れた。それは、お明とお種が着物を取り換えて出かけていたのは、お明に男がいてそれで周りをごまかそうとしていたのではないか、という話であった。別に不思議な話ではないが、弥市はなんとなくすっきりしないものを感じていたのだった。

片岡屋に行くと、治右衛門は留守であった。その代わりに治右衛門の娘、お弓《ゆみ》が帳場に座って睨んでいる。

「あれ？　帳場をまかされるほど出世したんですかい？」

「なにいってるんですか。以前から大福帳は私が管理しているんですよ。父はなにもしません」

生意気な口の利き方をする娘だと思うが、あの治右衛門の娘だから仕方がない、と弥市は苦笑いしながら、奥の部屋で枯山水の水墨画が描かれた絵をじっと見つめている。

弥市は千太郎の横に座って、じっくりと見た。

「これはたいした絵じゃねぇなぁ」

「おや、弥市親分は近頃、目利きができるようになったらしい」

「馬鹿にしてはいけませんや。こんな二束三文の絵は誰でもわかりまさぁ。でぇいち、この山の雲がおざなりでいけねぇ。飛んでる鳥がとんびなのか鷹なのかもはっきりしねぇ。さらに下の原っぱみてぇなところが、まるで意味なく広がってます」

弥市はいい気になって感想を喋ってしまった。しまった、と千太郎を窺ったら厳しい顔つきをしている。これは怒られるかな、と首をすくめていると、

「親分！　すばらしい。そのとおりだ」

と喜んだから弥市は目を丸くした。

「いつの間に……目が肥えたのであろうなぁ」

「本当ですかい？」

「私は嘘などいわぬ」

本当なの、とお弓が帳場から立って傍に寄ってきた。絵をじっくり見てから、

「まぁ、親分、本当ですねぇ」

驚きの目で帳場に戻った。

弥市は有頂天な顔つきになっていたが、千太郎が問う。

「親分……で、お種を調べた結果どうであった？」

「あぁ、そうでした」

弥市は、お明には男がいたのではないか、という噂があることを千太郎に話してみた。

「そのくらいの話は出てくるのではないかと考えてはいたがな」

千太郎はまったく驚きもせずに、

「その男とは誰なのだ」

「へぇ、そこが不思議なところで、噂は立っているのですが、正体は見えねぇというやつで」

「ふむ、まるで土のなかに埋《うず》まって咲く花のようなものだな」

「そんな花があるんですかい？」

「さて、知らぬ」

「…………」

弥市は話を変えた。

「お種のほうなんですがね……お嬢さんの覚えがいいことでそれを鼻にかけたところがなったかどうか訊いたんですが、そんなところはまったくない。陰日向《かげひなた》なく働くいい奉公人だという話ばかりなんです」

「なるほど」

「しかし、あっしが見たところそんなに熱心に働くような顔には見えねぇんで」

「なにか裏があるとでも？」

「さぁ、それはわからねぇんですが……」

「なるほど、それを私に謎解きをしろと、そんなところだな」

「えっへへ。まぁそんなところで」

「簡単だ、お種は殺された。なぜ殺されねばならなかったか。それを調べたらいいのだ」

「……いや、そんなことは十分にあっしでもいえますから」

「それだけで十分であろう」

「もっと、なにかこう、鬼面人を驚かすような謎解きはありませんかねぇ」

「そんな話がいつでもあるわけがなかろう」

「へぇ、さいですか」

弥市は、肩を落とした。

「まぁ、それでも少しは進展したということになるぞ」

「よしきた」

千太郎は、にやりと笑って、

「まずは、常五郎に恨みを持つものがいるかどうか調べよう。それとお種とお明は本当に仲が良かったのか？」

「違うとでも？」

「いや……わからぬ。どんなところからでも探るのは謎を解くときのイロハではないのか？」

「まぁ、そうですが……常五郎に対する恨みとお種殺しはあまり関わりがあるとは思えねぇんですがねぇ」

「まぁないだろうな」

「はあ？　それを調べろとは？」

「ふふ……」

千太郎は意味深な笑みを浮かべた。

「まぁ、いいから。とにかくそういう動きをしてくれたらそれでいい。それが一番いい方法なのだからな」

「さっぱりわかりませんや」

それでいいのだ、と何度も千太郎はひとりで悦《えつ》に入っている。おそらくなにか思惑があるのだろうが、弥市には見当もつかない。よけいなことをいうとかえって笑われるから黙っていることにした。

「さて、親分……」

「なんです？」

「徳之助を貸してくれ」

「またですかい？」

「親分が恨みのある連中を調べている間に、徳之助にはちとやってもらうことがあるのだ。密偵とは知られていないからな、ちょうどいい。いま徳之助はどこにいるかわかるか」

弥市はなんとなく面白くねぇなぁ、と口を尖らせる。徳之助だけがいい役を頼まれているような気がするからだが、おそらく千太郎はそんなことは考えてはいないだろう。だからといって、そこで教えないわけにはいかない。

「近頃は湯島にいますよ。天神さんの前で茣蓙を敷いてなんだか知らねぇが御利益《ごりやく》のなさそうなお守りを売ってます」

「あははは、それは徳之助らしいな」

「気楽な野郎で……」

人は気楽が一番だ、と千太郎は笑みを浮かべると、

「さて、そろそろまた十軒店へでも行こうか……」

弥市の機嫌を取るような言葉を吐いた。

「……あっしにそんな暇はねぇですから」

弥市は、少しすねた顔をして、その場から立ち去った。後ろで千太郎がどんな顔をしているのか確かめたい感情を押し殺しているのが、はっきりわかった。


弥市の後ろ姿を見ながら、微笑んでいた千太郎は、弥市が見えなくなると、一転してきりっとした顔つきに変わって歩きだした。

山下の通りから、不忍池に向かう。初夏の陽光が暖かい。

湯島の男坂を上がり、天神様の境内の前に出ると、よしず張りの店が並んでいる。その端のほうに筵を敷いて、上に小さなものを売っている徳之助の姿があった。

千太郎は、その前にしゃがんで、

「これを買うとなにか御利益があるのかな?」

「……おや、いらっしゃい。御利益がねぇものは売りませんよ。どうです、いい人に

二つ三つ……」

「そんなに必要はない。それにしても神社の前で違うお守りを売っているとは、いい度胸をしているものだ」

「へへへ、まぁ、それが取り柄です」

徳之助はその女殺しといわれる端正な顔にちょっと孤独の影を見せるような仕草をした。確かに女が惚れる要素は持っている、と千太郎は徳之助をじっと見つめた。

「なんです？　ただの冷やかしなら……」

「いや、冷やかしではない」

これをもらおう、と千太郎は懐から豆板銀を出して、ついでに、

「まだ商売は続けるのか」

「いや、そろそろ今日は腰を上げようかと」

「なら、待とう」

千太郎は、そのまま徳之助が売り物を片づけ終わるまで待っていた。

「またどこぞに盗っ人に入るんですかい？」

「盗っ人とは人聞きの悪い」

「違うんですかい？」

「もちろん、違う」

しゃがみながらも、背筋を伸ばしている千太郎を見て徳之助は、肩をすくめて、

「で、今度はどんなことをやるんです？」

「ちょいと揺さぶりをかけたい相手がいるのだ」

「は？」

「揺さぶりをかけて、相手がどう出るかを見たい」

「ふうむ、旦那はいろんなことを考え出しますねぇ。まったく以前はどんな暮らしをしていたものやら」

千太郎は、にっと目を細めて、

「まぁ、どうせろくなことはしていなかったのであろう」

「その言葉使いからみると、どこぞのお旗本ご大身という雰囲気なんですがねぇ……」

徳之助は、しみじみ千太郎の長ひょろい顔を見つめるが、正体はわからない。

「で、その相手はどこの誰です？」

「本町にある田原屋という料理屋を知っておるか」

「はぁ、けっこう値の張る料理を出すところでしょう。上方風の料理とかいって気取

った店ですよ」

「その店の若旦那を脅す」

「脅すんですかい？」

「ちょいとした仕かけだ」

徳之助は、まったくわからねぇ、という顔つきを続けている。

「動くか動かぬか。それを知るだけでよい」

なんです、それは？　と徳之助は怪訝な顔をしながら頷いた。

七

弥市は千太郎にいわれて常五郎に恨みがありそうな人間を探し始めた。さすがに使用人たちから訊くことはできない。周りから噂を集めようとしたのだが、常五郎という男はよほど人望があるのか、思うように話は集まらない。

むしろ、人助けなどに尽力しているということで、誉める人間のほうが多かった。

「これじゃ、恨みを持つ人間など見つからねぇかもしれんぞ」

弥市はそんな独り言をいいながら周辺や、商売敵、取引先などを歩き回っている。

そんな頃、千太郎は徳之助と一緒に本町の田原屋に足を運んでいた。

板塀がぐるりと店の周りを囲み、見越しの松が優雅さを誇っている。どこか江戸から離れた雰囲気を醸し出しているのは、上方を意識しているからだろう。

座敷で若旦那の浩太郎と会っているのは、千太郎と徳之助だ。

浩太郎は怪訝そうな顔をして千太郎の話に青い顔をしていた。

「それはどういうことでございましょう？」

「だからお明を脅したのはお前だろう。その落とし前をつけろ、と申しておる」

「なんのことか一向に……」

「わからぬと？」

「はい……あの……あなた様とはどこかでお会いしてませんでしょうか？」

「気がついたかな。愛宕神社ですれ違っておったな」

その言葉で浩太郎は、はっと息を飲んだ。

「あのときの……私を助けていただいた……それがどうしてそんな脅しのようなことをするのでございましょう？」

「黙って答えたらよい」

千太郎は、浩太郎の顔を睨みつけた。

「はぁ……しかし、なにがなにやら……」

「よいのだ、黙って私に百両渡すのだ」

「百両！　そんな金はそうそう簡単に作ることはできません」

「親にいえばそんな金はすぐであろう」

「しかし理由がありません」

千太郎はぐいと顔を前に出すと、

「それがお前のためになるのだ、なんとかするんだな」

途方にくれたように顔を歪ませる浩太郎に、千太郎は追い討ちをかけた。

「早くせねば、お明が大変な目にあうがそれでもいいのか」

「そんな理不尽な……どうしてお明さんが……大変な目とはどういうことです」

「詳しくはいえぬが、とにかく大変な目だ」

浩太郎は、なかなか千太郎の要求を飲もうとしない。そこで不思議なことが起きた。

千太郎は、それならいい、と立ち上がったのだ。

浩太郎は呆気に取られている。

「あの……」

「なんだ」

「お金はいいのでしょうか」

「お前が話を聞かぬのではないか」

「それは……なにをいってるのかまるで見当がつかないからです」


さっさと田原屋を出た千太郎は歩きながら徳之助に問う。

「どうだった、浩太郎の態度は？」

「あれは女を騙せるような男ではありませんぜ。けっこう正直な野郎ですよ」

「ちとな、あの者が愛宕神社の狂言を書いたのではないかと疑ってみた。そこで揺さぶりをかけたのだが、そのような裏工作をしたところは感じることはなかった。これで、他の者が画策したことが確実になったな……」

徳之助は、千太郎の言葉に首を傾げている。

いきなり千太郎は深川に行こうと早足になった。

徳之助は後を追いながら、

「深川とは？」

「山風のところだ」

「……あぁ、弥市親分から訊いています。元は相撲取りとか……どうして山風を訪ねるんです？」

「奴は利用されている。それを教えてやるのだ」

「利用？」

「もっとも本人は単純だからそんなことは知らぬであろうが」

徳之助は眉を上げ、深く息を吸ってため息をつく。

「どうした。これからちょっと立ち回りがあるかもしれんからな、覚悟せよ」

「立ち回りですかい。苦手ですねぇ。あっしは逃げますぜ」

「それでもよい」

あっさりと千太郎は頷いた。

深川の風は、草木と脂粉の匂いを含んでいる。それほど、深川には岡場所が多い。そのひとつ、仲町のそばに山風の住まいがある、文句があるならいつでも来い、と山風は自分で叫んでいた。

仲町は富岡八幡のそばにある。

徳之助が近所に聞き込みをしながら山風の長屋を探り当てた。どぶ板はほとんどなくなっているような長屋で、どんな連中が住んでいるのか、どこかすえたような臭いが漂っている。

山風の家の前で障子戸から声をかけると、酒臭い顔をして山風が出てきた。千太郎の顔を見ると、驚いたような顔をして右腹に手を当てた。

「私のことは覚えていたようだな」

千太郎が笑いながら声をかけた。

「なんの用だい」

「お前の後ろにいる浪人の正体を知りたくてな」

「なんだって?」

「愛宕神社で娘ふたりに襲いかかっただろう」

「…………」

「誰に頼まれたのだ」

山風は逃げようとしたのだろう、千太郎に体《たい》ごとぶつかってきた。だが、千太郎は愛宕神社のときと同じように、さぁっと体を躱すと、手刀を山風の腹に当てた。今度は前回とは反対側だった。

山風は土間に蹲《うずくま》る。千太郎はその前にしゃがんで、いかにも親切ごかしに話しかける。

「誰に頼まれてあんなことをやったのか、教えてもらいたいのだがなぁ」

「……なんのことか知らん」

「ほう……ではもう一度……」

千太郎が手刀を作って山風の前の前に差し出した。

「ひ！　おれはよく知らねぇ。仲間に声がかかり、おれがやったんだ」

「鼻がひしゃげている浪人か？」

「……知らねぇ。本当だ」

「まぁいい。あの娘にちょっかいを出したのは、頼まれたからなのだな？」

「そうだ……」

「そこまででいいだろう」

これはおまけだ、といって千太郎は山風の頭に一発、手力をお見舞いした。しばらく目をきょろきょろさせていたが、すぐ、ごろんと転がってしまった。

「なにをしたんです？」

徳之助が不思議そうに訊いた。

「百会《ひゃくえ》という急所をちょいと叩いただけだ」

「あんなにころりといくんですかい？」

「お前には無理だ。心得がなければな」

徳之助は、はぁと答えるしかない。

「で、次はどこに行くんです？」

「連雀町の左五郎長屋というところだ」

「へ？　なんですそれは」

「今度の黒幕さ」

「お種を殺した下手人ですかい？」

「そうだ」

徳之助は、きつねにつままれた顔をしている。

「よし、これで役者はそろった。使いを頼む。暮れ六つ、昌平橋の前に来るよう弥市親分に伝えてくれ」

「はぁ、わかりましたが……なにをしようとしているのかさっぱりわかりませんが」

「それでいいのだ」

千太郎はにやにや笑っているだけだった。

「で、あっしはどうします？」

「もうよい。女の尻を追い回していてもいいぞ」

八

暮れ六つ、約束の場所に弥市が立っていた。

千太郎の顔を見ると、訝しげな目つきをしながら、常五郎にはそれほど恨みのある人間はいなかった、と伝えた。

すると千太郎は、それはよかったと答えたのである。その言葉に弥市は無駄なことをさせたのか、と口を尖らせ憤った。

「なにをいうか親分。その調べがあるからこそ、これからの捕物ができるのではないか」

「はぁ？　さっぱりわからねぇなぁ」

「お種殺しは沢田屋にはなんの恨みもないからこそ、下手人が絞られたのだ。まぁ黙ってついて来い。その前に、左五郎長屋はどこか調べてくれ」

「この辺なんですかい？」

弥市は、すぐそばにあった自身番に飛び込んで、尋ねてきた。すると左五郎長屋は、連雀町の二丁目にある、と教えられた。

長屋に着くと、千太郎は木戸番に富田松之助という浪人の住まいはどこか訊いた。

長屋を入って左の二軒目だとわかった。

「富田松之助といいますと、あのお種の身元を教えに来た浪人ですかい？」

「そうだ」

「やつがお種を殺したんで？　どうしてそんなことがわかるんです？」

千太郎はすぐわかると答えて、松之助の住まいの前に立った。弥市にここを叩けと目を向けた。弥市はどんどんと障子戸を叩いた。

うるさい、という怒声が聞こえ富田松之助が姿を現した。千太郎がいるのを見て、

「あんたは？」

浪人とは思えぬようなくだけた喋り方である。

「鍋町にある沢田屋の使いだ」

「沢田屋の？　はて、なんの用だ」

「ちょっと表に……」

松之助は不承不承、戸を大きく開いて外へ出てきた。ひとりで酒を飲んでいたのだろう、吐く息が臭い。

「安い酒を飲むのは体に毒だぞ」

千太郎が冷やかしたが、松之助はむっとした顔つきをするだけである。その顔は千太郎が訪ねた理由に気がついているような様子が見えた。肩を揺すったり、ぺっと唾を吐いたり落ち着きがない。

「そんなことでは女がそばに寄ってこないぞ」

「なんだって？」

「まぁいい。はっきりいおう。お種を殺したのはあんただな？」

「なにをばかなことを」

「面倒だから、早く済まそう。あの死骸を見たときに、あんたは、誰が殴り殺したのだ、と呟いていたではないか。あのとき、殴り殺されたことを知っているのは殺した本人だけだ」

「…………」

「まぁ、口が滑ったのだろうが」

「ち……」

松之助は観念したのか肩を落とした。

「どうしてお種を殺した」

「あの女は俺を強請《ゆす》ろうとしたのだ」

「ははぁ……あの愛宕神社の狂言の件だな。どうもあのとき山風がきょろきょろしていたが、あれは違う男が前に出てきて困ったからだな。本当はお前が助ける役のはずだった」

「ふん」

「だけど浩太郎というおっちょこちょいが出てきて戦おうとした、それでおかしなことになったのだろう」

「ついでにお前が出てきてもっとおかしなことになったのさ」

「あのままだと、おっちょこちょいの若旦那は死なぬまでも骨を折るか一生寝たきりになっていたかもしれぬからなぁ。助けてやったまでだ」

と——。

いきなり松之助は刀を抜いて千太郎めがけて打ちかかってきた。千太郎はそれを左に躱わして、刀を抜くと横に薙いだ。だが、それは浅いとみて千太郎はさらに一歩踏み込んで、突きを入れた。

切っ先が松之助の太腿を刺していた。

「お種とはどこで会ったのだ」

「お明とはいつも一緒のわけではない。あのお嬢さんはひとりで歩き回るときがある。

そんなときに、お種が物欲しそうにしていたのだ。だから声をかけた。それからだ」

松之助は傷が痛むのだろう、口を歪ませながら喋っている。

「あの女は、お明と同じように金を使いたかった。だからおれの話にひとくち乗ったのだ。普段は、大人しい女になりすましていたということさ……」

「お前の目的はなんだったのだ」

「元々は、お種が考え出したことだ。俺をたきつけてお明と仲良くさせようとしたのだ。そうして、沢田屋の婿になると、金は使い放題だ。お種は、それを狙ったのさ」

「そのきっかけがあの愛宕神社というわけか」

「相撲取りを利用した計画だったのに、よけいな奴が出てきたおかげでこんなことになってしまった」

「殴り殺したのはなぜだ?」

「斬ったり刺したりすれば、刀を使う侍とばれるであろう」

「なるほど……傷口を見ると、剣を使う者か、町民かすぐ判明する。それでわざと殴り殺したというわけか」

「そういうことだ」

最後は皮肉な笑いを見せた。

千太郎は、手刀で脳天を叩いて昏倒させた。

数日後の片岡屋。

「殴り殺したという言葉はそのまま聞き流してしまった。恥ずかしいですぜ」

弥市が、頭をかいている。

「私もたまたまだ」

「ご謙遜を……ところで徳之助は役に立ちましたかい」

「徳之助は女たらしだろう、その目で浩太郎が狂言を書いたかどうかを調べてもらいたかったのだがな。あの者の目は確かであったぞ」

「ははぁ……それはようござんした」

笑いながら千太郎は頰をかいた。

そのとき、お弓が目を白黒させながらやってきた。

「どうしたんです？」

弥市が問うと、お弓は困り顔で、

「浩太郎さんとお明さんがふたりで来ているんですが」

「それなら、お礼でしょう」

弥市は納得顔をする。しかしお弓はふぅと息を吐いて、

「とにかく上がっていただきますから」

呼びに行ってふたりを連れてきた。

浩太郎はすぐ手を突いて、

「助けてください……」

と涙目を千太郎に向けた。

千太郎が話を訊こうと姿勢を正したそのとき、玄関から大声が聞こえてきた。

「たのもう！　こちらに千太郎さまと申す御仁はおられるかな。拙者、佐原源兵衛と申す者である。どなたか、おられぬか！」

第四話　夢の火柱

一

縁側から見える夕景が美しい。

片岡屋の座敷から遠くには、上野の山がうっすらと見えている。

夕闇が迫る刻限――。

「千太郎さまと申す御仁がこちらにいると伺《うかが》って訪ねて参った。どなたかおられぬか」

野太い声が聞こえている。

「あれは？」

治右衛門が千太郎を見つめた。

「む……」

千太郎は、苦笑している。

「誰かご存知なのですね？」

治右衛門が問うと、千太郎は、膝を揃えるような格好をして、

「覚えておらぬ」

と答えてから、手を振ると、

「追い出してほしい」

「はぁ？　あの声の方をですか？」

「そうだ」

「しかし、千太郎さんの名前を呼んでいるということは、あなたさまを存じ寄りの方なのではありませんか？」

「そうだとしても、面倒だ」

「ご自分のことが判明するやもしれぬではありませんか」

「いいのだ」

「とは？」

「いまの生活が気に入っておる」

「そうはいっても……」

玄関からはお弓の声が聞こえている。声の主に当たっているらしい。

「治右衛門……」

千太郎が普段と異なる情けない顔をして、

「頼む、追い払ってほしいのだ」

「本当によいのですか？」

「かまわぬ」

そばで聞いている浩太郎とお明のふたりは、なにが起きているのかわからぬ顔をしていたが、

「私がお相手をしてきましょう」

「お明さん」

浩太郎が慌ててお明を止めようとする。

「あまり出しゃばるのは……」

その言葉に、千太郎が少し腰を浮かせて、

「そうだ、お明さんがいい。男が出て行くよりはいい」

「でも、いまお弓が話をしているようです」

「客は自分だ、とお明さんが伝えたら、あの者も諦めて帰っていくだろう」

「そうですかねぇ」

治右衛門は、怪訝な表情で千太郎を見つめるだけだ。

「いいです。まかせておいてください」

お明は、りんとした顔つきになると、

「浩太郎さん、一緒に来てください」

「私が？」

「あなたが、千太郎さまになるのです」

「えぇ？」

「いまはそうやってごまかすのが一番ですよ」

「…………」

「あの方は千太郎という名の人を探しているのでしょう。それなら、自分が千太郎だといえばいいのです」

呆れ顔をする治右衛門に、お明は笑みを見せると、

「では……さぁ、浩太郎さん」

ふたりで、玄関に向かった。

治右衛門は千太郎の顔を見つめる。腰を動かしたり、眉をひそめたり、いつもの千

太郎とは似つかない。

「やはり、あの方をご存知なのですね」

「知らぬ。覚えておらぬ」

「本当でしょうか？」

「自分が何者かわからぬのだ。本当だ。あれは私を知っているといいながら、なにか悪いことでも画策しているに違いない。そうだ、それに間違いないぞ」

「しかし、千太郎さんを騙してどうしようというんです？」

「そんなことはかの者に聞いてみねばわからぬ」

「はぁ……」

治右衛門は、半信半疑だ。鉤鼻顔をぐいと千太郎に向けると、

「まぁいいでしょう。いまでは千太郎さんは私の店にとっては大きな力になっていますからねぇ」

にんまりとする治右衛門に、千太郎はふむふむと頷き続ける。

お明と浩太郎が戻ってきた。

「帰りましたよ」

お明がにやにやしながら告げた。浩太郎は鼻に汗をかきながら、

「冷や汗をかきました」

と、手ぬぐいを取り出している。

「ほう……素直に話を聞きましたかな？」

治右衛門が興味深そうに問うと、お明は笑みを浮かべながら、

「最初は胡散臭そうな目つきで私たちを見ていましたが、侍はおらぬのか、と横柄に尋ねますので、それが他人に問う姿勢ですかと……」

「わはは、それはまた気丈な」

「お店ではもっと始末に負えない客を相手にしていますからね」

「ただのお嬢さままではなさそうですねぇ」

治右衛門が感心しきりである。そばで浩太郎は、汗を拭きながら、でも……と困り顔をして、

「今日のところは引くが、また来ると……」

千太郎の顔を不安そうに見つめた。

「そうか……まぁよい。そのときはそのときだ。それより……」

訪問客が帰ったと聞いて元の顔に戻った。

お弓がお茶を運んできて、そのまま座る。

「助けてくれとはどういうことなのだ？」

千太郎が、神妙に座っている本町の料理屋、田原屋の若旦那、浩太郎と鍋町の小間物屋、沢田屋の娘、お明の顔を交互に見つめながら問うた。

「はい……」

浩太郎よりも青白い顔をしてお明が沈んだ目を千太郎に向ける。もともと色白である。さらに青くなった顔は、寂しさを深くさせていた。

千太郎は浩太郎に目を向けて。

「どうしたのだ、黙っていてはわからぬぞ」

はい、と頭を下げて浩太郎はお明を心配する仕草をしながら話しだした。

「じつは……お明さんのとなりに、遠州屋さんという道具屋さんがあります。そこに五歳になるお子さんがいるのですが、急に神隠しにあってしまったのでございます」

「神隠し？」

「はい……そうとしかいいようがなくて」

「里山を後ろに控えているわけではない町中で、そんなことが起こり得るわけがあるまいがなぁ」

「でも……」

お明が白い顔をしながら話を継ぎ足した。

「それまで近所のお子さんたちと遊んでいたのです。それが急に姿が見えなくなったと、一緒に遊んでいた子どもたちが声を揃えたということなのです」

ううむ、と千太郎は腕組みをする。

「それはまた不思議な……」

そこにお弓がお茶を運んできて、千太郎のとなりに座った。治右衛門は寄り合いだといって出かけてしまった。

お弓は近頃、千太郎が事件を解決するところを見ていて、自分もなにか手伝いをしたいという気持ちになり始めたらしい。興味深そうに、お明の話に耳を傾けている。

「ほかのお子さんは何人くらいいたのです？」

「六人で遊んでいたといいます」

「場所は？」

「鍋町からは、神保小路が近いのですが、そこには以前お屋敷だったところで空き家になった場所があります。その中庭で遊んでいたということでございました」

「なるほどねぇ……」

お弓は、袂を濡らさぬように手で抱えて千太郎の前に置いた茶碗に手を伸ばした。

「あぁ？」

千太郎が顔を向けたが、それを無視して、

「千太郎さん、話をお聞きになっていたでしょう？　なにか感想はないのですか？」

「それは私のお茶だ」

「そうではなくて」

「わかっておる……」

千太郎は長ひょろい顔のわりには表情が乏しい。喜怒哀楽がよくわからないのだ。細目がちだから、目を見てもどんなことを考えているか窺い知ることも困難である。

お弓は、もっとしゃっきりしてください、と叫ぶが、千太郎は、はぁとかあぁと返事するだけでいっこうに話の進展がない。

「まったく自分の過去を忘れてしまったせいで、人との会話をする方法もなくしてしまったらしいですねぇ」

初めてその事実を知らされた浩太郎とお明は目を剥いている。

「なに、自分のことは忘れてしまっても、謎解きと目利きは一流だから心配いらぬ」

「ご自分で自慢しても仕方ありません」

お弓は、ぴしゃりと言い放った。

「そんな無駄口をきいていても話は進まぬ」

千太郎はそう呟くと、お明に目を向けて、

「そのとき、大人は誰もいなかったのか」

「はい、子どもたちだけで遊んでいたと申しております」

「刻限は？」

「夕方、おそらく夕七つ半（五時）くらいの話かと」

「たそがれどきだな。たそがれどきは逢魔《おうま》が刻《とき》ともいうからな」

「それは本当だったのですねぇ」

お弓は心底恐ろしそうな顔をする。

「本当に神隠しにあったのでしょうか？」

「まずそのようなことはない。神隠しのほとんどは人さらいだ」

「人さらい！　もっと悪いではありませんか」

「自分で逃げたのでなければな」

「五歳の子どもが家出をするわけがありません」

「決めつけてはいかぬぞ。世のなかなにが起きるかわからぬものだ」

まぁそうですが、とお弓は目を伏せた。

「あの……千太郎さま」

浩太郎がしびれを切らしたらしい。

「どのようにしたらよろしいでしょうか」

頬をかく仕草をしながら、千太郎は浩太郎を見る。

「困ったな……」

そこに、弥市が同心の木村衆五郎を伴ってやってきた。

浩太郎とお明は腰を上げそうになったが、

「よいよい、どうせ事件の相談だ。もしかしたら神隠しの話が聞けるかもしれぬ」


木村衆五郎と弥市が千太郎の前に座った。

浩太郎とお明は少し横にずれる。

「木村さんまで出張《でば》ってきたとなると少々困難な問題が起きたらしい」

千太郎の言葉に、衆五郎はかすかに頭を下げて、

「確かにそのとおりでございまして……」

真面目な顔で答えた。大きな目と丸い頭を持ち、茫洋としたその雰囲気はおよそ町方同心には見えないが、本人はやるときはやる、という。

弥市にいわせると、真面目なのか惚《とぼ》けているのかよくわからないお人、ということになるのだが、今日は真面目なほうらしい。

「やはり神隠し事件かな」

千太郎が、喜怒哀楽のない目つきで訊いた。

「あちこちで子どもの姿が消えたという訴えが出ているのです。神隠しなどは信じませんが、あまりにも駆け込んでくる連中が多いので、どうしたものかと……」

口を少しだけ歪ませながら衆五郎が周りを見回した。浩太郎は目をしょぼつかせて、自分とお明の紹介をした。

田原屋と沢田屋の名を聞き、衆五郎はあぁと頷きながら、

「なんだい、あんたたちの子も神隠しかい」

「いえいえ、私たちに子どもは……」

弥市が慌てて、衆五郎に目を向ける。

「旦那……慌てちゃいけませんや」

笑いながら千太郎が、ふたりがなんのためにここに来たのかを衆五郎に伝えた。

「なるほど、思ったより神隠しは拡がっているということか」

眉をぴくりと蠢かせた。

「旦那……しかしこうあちこちで同じようなことが続くなら、ただの神隠しとはいえませんぜ。なにか裏に力が働いていると考えたほうがいいのかもしれません」

「確かに……」

弥市の言葉に衆五郎は頷きながら、弥市から手渡されたという書付を持ち出し、拡げる。

「これまで届けられている消えた子どもの話がまとめられているんです」

そういって、読み始めた。

最初に消えた子どもが報告されたのは、神田の佐久間河岸。四人で遊んでいた子どものひとりが忽然と姿を消した。七歳の男の子で名前は、新六《しんろく》といった。

次が、神田明神下の髪結いの子で八歳の女の子。神田明神の境内で遊んでいたのだが、ふと見たらどこにもいなかった、と遊んでいた子どもたちが怖がった。

三人目は、湯島天神のすぐ横にある妻恋町。六太《ろくた》という六歳の男の子。親は呉服商。

もうひとりは日本橋の札差「相模屋」の子でお昌《まさ》という女の子だった。

「調べても、この子どもたちに繋がりはまったくありませんでした」

衆五郎が悔しそうに呟く。弥市も一緒にため息をついた。

「衆さん……まぁ、あまり悲観してもしょうがあるまい」

千太郎が強気なことをいうが、自分でもあまり信じているような雰囲気はない。弥市は慣れているが、衆五郎は怪訝な目つきを向ける。

「千太郎さん、なにか勝算でも？」

「いや……いまのところはまったくない」

その返答に、衆五郎は呆れて膝を乗り出し、

「では、どこから手をつけたらいいのか」

教えてくれ、という言葉を飲み込んだ。

「そのうちなにか敵も尻尾を見せる。それからが勝負だ」

「しかし……」

衆五郎は進展のない会話にいらいらし始めた。

そこに弥市が割り込んだ。

「じつは……」

そういって、弥市が話し始めた。

二

ちょうどその頃、寄り合いなどとは真っ赤な嘘、片岡屋治右衛門は別のところである女に会っていたのである。

治右衛門が会っている女は朱色の小袖に黒の帯という派手な格好をしていた。普通の職業ではないな、と治右衛門は最初大きな目をしたが商人《あきんど》はそんなことでは驚かない。

ここは、相手が指示をしてきた場所で、両国橋の西詰めにある料理屋である。

膳部が出されていて、ちろりと盃が並んでいる。ふたりの前には大皿が置かれてあり、刺し身がきれいに盛りつけられていた。

女は袖《そで》と申します、と名乗った。

「お仕事は？」

「それは……」

はっきりしたことは答えない。

「あまりいかがわしい人との取引きは控えているんですがねぇ」

不躾なことをいう治右衛門に、

「……それは重々わかっております」

と頭を下げる。その顔は体の調子が悪いのか目の周りが黒く変色していて、どこかたぬきに似ていた。常に顔を伏せているので、はっきりと顔が見えない。それも治右衛門の気持ちがはずまぬ一因らしい。

「こんなところに呼び出して、どんなご用事でしょうか？」

治右衛門は、鉤鼻を撫でながら訊いた。

「じつは……」

お袖は、体の横からふろしき包みを前に持ってきた。

「これなのですが……」

ふろしきを開くと、そこから花瓶が出てきた。

青の絵付けがされてあり、絵柄は山水である。

「これは？」

治右衛門は、怪訝な目つきで花瓶を見つめる。

「これはとなりの国、清国《しんこく》の王朝で使っていた花瓶です」

「なんと……」

しげしげと絵付けに目を凝らす治右衛門に、お袖はさらに付け加えた。

「目利きをしていただきたいのです」

「ほほう……」

「本物でしたら、お売りしたいのです」

しかし治右衛門は慎重だった。

「これをどこで手に入れました？」

「……それはご勘弁を……」

お袖はたぬき顔を深く伏せたまま答えた。

「怪しげな手の入れ方をされたものを掴まされては溜まりませんからな」

「いえ……出は確かです」

「本当ですかな？　そもそもあなた様は何者です？　それから話をしていただけないと、信ずるもなにもありませんよ」

治右衛門は、じっくりとお袖の目を見つめる。

「確かにそのとおりだとは思いますが」

お袖は正体を明かすわけにはいかない、と大きく息を吐いた。

「そんなことをいっていては、これはお返しするしかありませんなぁ」

とうとう強面の治右衛門が表に出た。

「はい……」

お袖は、首を下げる。

「どうです？　ほかの人にはいいません。この花瓶の出所も黙っていましょう。でも、あなた様の素性だけは教えくれませんか」

鉤鼻がぐいと拡がった。

お袖は、しばらく荒い呼吸をしながら、思案を続けていた。やがて、ぴんと背中を伸ばして、

「わかりました」

治右衛門と目を合わせる。

「私は、いま浅草奥山で開催している遊技団の一員です」

「遊技団？」

「はい、お聞きしたことはありませんか？」

「唐風の格好をして踊るというあれかな？」

「そうです」

「なるほど……」

治右衛門は、お袖の派手な衣装に目を向けた。

「それでなんとなくわかりました」

「ありがとうございます」

お袖は安堵の息を吐く。

「では、これは一度お預かりしたしましょう。ですが、そのまま売ることができるかどうかは私どもの目利きをしてからにいたしますが、それでもよろしいかな？」

「はい……それはそちらのよいように……」

「それなら話は承《うけたまわ》りましょう」

治右衛門は、ようやくにこりとしながら肩を少し揺らし、手のひらを擦りつけた。


さて、一方の片岡屋。

弥市はいま千太郎から、ばかなことをいうな、と一蹴されていた。

「なぜです？」

「どうして私が用心棒の真似事をしなくてはいけないのだ」

「一番腕が立つからです」

「私は用心棒でもなければ、町方でもない。ただの目利きだ」

「しかし……」

いま弥市が千太郎に頼んでいるのは、次のようなことであった。

ある大店の主《あるじ》から娘を守ってほしいと頼まれた話である。しかも家に住み込みをしてほしいと頭を下げられていたのである。

弥市は十手を取り出し扱きながら、

「じつは義理のあるお人からの話なんですよ」

「私に関わりはない」

千太郎はにべもない。

「そうでしょうが」

押し問答を繰り返すふたりに、衆五郎が口を挟む。

「そもそもその店とはどこの誰なのだ」

弥市が、それを言い忘れたと苦笑して、

「日本橋の十軒店にある梶山という人形店なんですがね」

「梶山？　人気のある店だな」

木村衆五郎が頷いた。

「へぇ……永楽斎という人形師がいましてね。その職人が作る人形は本当に人間の生き写しといわれるほどです」

「…………」

千太郎は興味がなさそうである。

「梶山の娘は大きいだろう」

「ひとりは御殿勤めをしているんですが、店にはひとり妹がいまして、そこの子どもです」

「ということは孫娘だな」

「そういうことで」

「その孫娘はどこに住んでいるのだ」

「妹の名はお彩《あや》というんですが、姉より先に嫁ぎまして、嫁ぎ先は回向院の近くにあるお菓子屋の旦那、藤兵衛《とうべえ》という男です」

「なるほど」

「ですが、藤兵衛の家は狭いし、まだ間口《まぐち》二間《けん》ほどの小さな店です」

「子どもが神隠しにあうのを心配してのことか」

千太郎は知らぬ振りをしているので、訊くのはもっぱら木村衆五郎だ。

「そういうことです」

「その子は何歳だ」

「十二歳かと」

「いままで神隠しというか姿を消してしまった子どもたちのなかで女の子は、器量がよいと噂されていたのだが、その子も同じかい」

「まぁ、近所では将来が楽しみだといわれるほどの別嬪さんだといわれています」

「それで、梶山が預かることになったと？」

「そんなところでしょうねぇ」

　ふうむ、と衆五郎は腕を組んで千太郎に体を向けた。

「そういうことだそうだが、どうだろう」

「ん？　なにがです」

「私からもお願いしたいと思うのだが」

「……私はそんなところに寝泊まりするのは嫌だ。そうだ、徳之助に頼め」

　それがいいと、ひとりで頷いているとき、治右衛門が帰ってきた。少しいつもより肩が落ちている。

　それを見て千太郎が、冷やかした。

「おや？　治右衛門さん……どうしたね。若い女に鼻毛を抜かれてきたような顔をしておるではないか」

「なんです？」

治右衛門は、ゲジゲジ眉を引っ張りながら、

「千太郎さんにちょっと相談があるのです」

木村衆五郎や弥市がいるのもかまわず、お袖から預かった花瓶を取り出した。

「どうです、この花瓶は本物ですか？」

千太郎は、手に持つと引っ繰り返したり、光にかざしたりしながら、

「ううむ、これは本物だ。どこでこれを？」

「ふふ……それは内緒、といいたいところですが……」

治右衛門は、お袖の話を伝えた。

「ほう、踊り子ですか……」

千太郎は興味がありそうに目を蠢かすと、

「よし、その踊りを見に行こう」

「はぁ？」

治右衛門は呆気に取られる。

「問題は花瓶です。女の踊りなど見ても意味はありませんよ」

「……ばかなことをいってはいかぬ」

「なにがばかですか」

「よいか……これは清国の宮廷で使用されていたものだぞ。我が国でいえば、天子さまが使っていた茶碗をわれわれが手にしたと同じことだ。そんなことが簡単にできるはずがあるまい」

「そういわれたら……」

「だから、その踊り子が本当に奥山で踊っているのか、遊技団というところの一員なのか、それを調べるのは当然のことであろう？」

じっと見つめられて治右衛門は、

「そのとおりですなぁ」

と苦々しい顔で答えるしかなかったのである。

三

翌日の午後、九つ半（一時）の頃合い――。

千太郎はお弓と一緒にいた。

浅草奥山で興行している遊技団を見ようというのである。

弥市が一緒に行きますよと顔をほころばせたのだが、千太郎はこういうのは女と一緒に行ったほうが良いのだというので、仕方なく身を引いたのであった。

最後まで悔しそうな顔をする弥市に、

「あら？　なんです？　その女の人に懸想でもしましたか？」

お弓が辛辣な台詞を浴びせた。

「なにをいうんでさぁ。あっしはその女には会ったことはありませんぜ」

口を尖らせて、不服をいうのであった。

さて、千太郎とお弓は例によって大勢の人がそぞろ歩いている浅草奥山に入り込んだ。子どもたちが不思議な姿の消し方をしているというのに、こんな場所は変わりなく人出は多い。

ただ、いつもより子どもの姿が少ないような感じを受けるのは気のせいではないだろう。普段はお面を売っている屋台や、風車などを売っている店の前には子どもたちがたむろしているのだが、今日はそんな親子連れが少ない。

「千太郎さん……」

「ん？」

「神隠しとは本当にあるんでしょうか？」

「ないな」

簡単に答えた千太郎に、お弓はつまらなそうな表情で、

「だって天狗が子どもをさらっていくという話は昔からありますよ」

「それは作り話だ」

「どうしてそんなことがわかるのです？」

「こんなことはいいたくないが……干ばつなどで米が穫れなくなると子どもを育てることができない。そこで人減らしをするのだ」

「……それはひっそりと他人に知られないように？」

「天狗がさらっていくということになる……」

「そういって真《まこと》の話を隠すことができるからですね」

お弓は哀しそうな顔をした。

「まぁ、世のなかにはいろんな裏があるということを知っておけばいい」

「聞かなければ良かったです」

「そんな話はあまりよそではしないほうがいいな。暗黙の了解ということがある」

「へぇ……そうなんですか」

千太郎もその話をするときには、いつもは変わらぬ表情が少し浮かない顔になっていた。

「そうなのだ」

「さて、話を変えよう」

「あぁ、遊技団は人気があるんですよ」

「ほう」

「宮地芝居などとは違って舞台が派手ですからね」

「見たことがあるような言葉だな」

「あら、そんなことは誰でも知っていますよ」

「そうなのか」

「私もたまにはあんな朱色とか赤とか、派手な色の小袖を着てみたいですけどねぇ。自信がありませんけど」

「なに、着てしまったら勝ちではないか」

「それができるようなら、こんなところで愚痴はこぼしていません」

　その言葉に、千太郎はわっはははと笑った。

　奥山の芝居小屋は二丁町にある大芝居とは異なる。いわゆる小芝居なので、小屋もそれほど大きくはない。地面に蓆《むしろ》が敷かれてあるだけで、間仕切りなどもなく観客が体を突き合わせて座るしかない。

それでも満員になる。なかには、ヘビ女と看板に描かれてあるので、まさかと思いながらも入ってみると、ヘビを抱いた女がじっと座っている、など普通なら客が怒りそうな見世物小屋もあるのだが、江戸っ子はしゃれが好きなので、笑って喜んでいる。だがこの遊技団の小屋は百人も入らぬ小さな小屋にしてはしっかりした造りをしていた。

「千さん……あの舞台、なかなか凝った造りをしていますね」

「ふむ、背景などは清国を描いている」

書き割りは、城壁だろうか。

江戸では見られぬような長い石塀が並び、人が歩いているのが見える。兵士がこちらを睨んでいるのだ。

絵だとわかっていても、けっこうな臨場感を楽しめた。

「どんなお芝居をやるんでしょうかねぇ？」

千太郎とお弓は真ん中から右側、後ろのほうに座ることができた。

お弓は、治右衛門から芝居見物をなぜか禁止されていた。ひとりで出歩くのも禁止。

見知らぬ男と話をするのも禁止。

強面の治右衛門も男親なのである。

もっともお弓自身は、そんな親の気持ちなどどこ吹く風で、けっこう好きかってな行動を取っているのだが、治右衛門は知らないらしい。どこの親も子には苦労する。

今日は千太郎が一緒だというのでしぶしぶ外出が許されたのである。

そのせいだろう、舞台を見つめるお弓の目はらんらんと輝いている。帳場でそろばんを握りながら帳面を付けているときとはまったく異なる姿を見て、

「お弓さんも、やはり女だなぁ」

「なんです、いきなり」

「いや、こうやってうきうきしている姿はあまり見たことがないのでな」

しみじみ語る千太郎に、お弓は口を押さえて笑いだした。

「そんなことはどうでもいいですよ。さぁ、そろそろお芝居が始まります」

舞台に出てきた役者たちは長着やら包衣などを着ている。どうやら玄宗《げんそう》皇帝と楊貴《ようき》妃《ひ》の話が繰り広げられているらしい。

その逸話を知っている客も、知らぬ客も皆、熱心に見つめていた。

最終章では、楊貴妃に扮した女が自分で胸を刺した場面で、皆が涙を流した。

一度、幕になりふたたび開いたときは、華やかな踊りが繰り広げられた。

「千さん……どの人が花瓶を持ってきた女の人なのでしょう」

「おそらくあの……左から三番目の女だ」

「どうしてそんなことがわかるのです？」

「よく見たらわかる。治右衛門はたぬきのような顔をしていた、と話していたではないか。顔の作りではない。目の下が黒い……それに」

「それに？」

「あの者、しきりに客席を探っておる」

「そうなんですか？」

「目線が一定しておらぬ」

「私にはさっぱりわかりません」

「…………」

お弓が横を見ると、千太郎の顔は厳しい。

「なにか起きるのですか？」

「いや、そこまではわからぬが、あれは私たちを探しているに違いない」

「どうしてです？　私たちが来ることは知らないはずです。それにこちらの顔だって知らないでしょう」

「治右衛門から聞いているのかもしれない」

「まぁ……」

父親とそのような関係になっているのかと、眉をひそめたお弓だが、

「なにかきな臭いな……」

千太郎が囁いた。

お弓が怪訝な表情で千太郎を見つめると、

「お弓さん……申し訳ないがすぐ弥市親分を呼んで来てくれ」

「事件ですか？」

「いや……なんかおかしい」

お弓は、なにが起きるのかと千太郎に問うが、答えてくれない。とにかく親分を呼んで来てくれの一点張りである。

仕方なく、お弓は踊りが見たいのに、と頬を膨らませながらそこから離れた。

そのふたりをじっと見つめていた目があった。

由布姫と志津である。

先日、目当ての侍、つまり千太郎を見つけたのだが、結局はまた出会うことは叶わなかった。

「私たちに赤い糸はないのでしょうか」

「姫さま……そんなことはお考えにならないほうが……」

「しかし……そうだ、いま人気の遊技団なるお芝居が浅草奥山で見ることができます。それでも見て、気分を晴らしませんか……」

ということで、由布姫と志津も奥山で同じ芝居を見ていたのであった。

「これはなにかのおぼしめしです」

志津が千太郎を見て姫の手を握った。

「はい……」

由布姫の目は輝きながらも涙が溢れ出している。

「志津……」

「はい……姫さま」

「そばにいた者が離れました。いまです」

由布姫は志津に、ここにいなさい、と告げて席から離れ始めた……。

千太郎は、ひとりになったが、舞台に目を凝らしている。

舞台の女が袖に移動した。

それを見て、千太郎も席を立ち上がった。周りから邪魔だ、見えねぇぞ、と非難を浴びながらも、そこから離れて、一旦、端の通路に出た。

そこから舞台裏に回り込む道がある。

しばらく、腕を組んでじっとしていたが、腕を解くと舞台裏のほうへと進みだした。

裏は、剝き出しの柱などがあり殺伐としている。正面の華やかさとはまるで異なる光景だった。千太郎は、なかに足を踏み入れた。

見回りの男と遭遇した。

盗っ人とでも思ったか、その男が棍棒を振るってきた。仕方なくその男を気絶させて、さらに奥へと進んでいく。

今度は猿が立ちはだかった。

どう見ても着ぐるみである。舞台用の衣装に違いない。千太郎を怪しい者と見たか、猿が無言で襲ってきた。

人がなかに入っているのはみえみえなのだが、猿役をやるだけあって身軽だった。

だが、それもあっさりと倒すと、前方から人影が見えた。

思わず身を隠そうと、壁に背中を当てた。

その瞬間であった。

「あ！」

千太郎の体が消えていた。

壁がどんでん返しになっていたのだ。

そして、目の前に見えた光景に千太郎は目を疑った……。

数人の子どもたちが縛られて転がされていたのである。

四

弥市は、片岡屋を訪ねてきた佐原市之丞という侍に、千太郎はどこかと問われて頭を抱えていた。

さっきお弓が帰ってきて、千太郎さんからすぐ遊技団の小屋に来るようにと言付《ことづ》かったばかりなので、急いでいる。そんなときに市之丞が千太郎を訪ねてきたのだ。邪魔だから追っ払おうとするが、

「先日、私の父が訪ねてきたときも、ていよく追っ払ったであろう」

その話を弥市は知らない。

千太郎を訪ねてきたところに、お弓から呼び出しがかかっていると聞かされた。すわ一大事と焦ったところに、ときどき顔を見るおかしな侍が千太郎を探している、と乗り込んできたのだ。

弥市は、じりじりしながら市之丞と対面している。

お弓は自分が出るのは面倒だから、ちょうどいいところに来ている、と弥市を表に向かわせたのだった。

「ですから、いまは留守です」

「本当か」

「嘘なんざいってませんよ。なんなら上がりますか？」

「ううむ、そこまでいわれたら……」

市之丞は、手を擦ったり、袴をつまんだり、落ち着きのない仕草を続ける。顔は情けない。それを見ていて、弥市は大きく息を吐くと、

「いないのは確かですよ。それより気になってることがあるんです」

「なんだ」

「千太郎さんがこの店で目利きをしているのは事実です」

「知っておる」

「その千太郎さんに呼び出されたのでいまから出かけるのです」

「また、そんな嘘を申して私を愚弄するか」

市之丞は息巻いた。弥市はため息をつき、

「そんな面倒なことはしません。本当に呼び出されたんですよ」

「……それは真《まこと》のことか？」

「もちろんです。そんなことで嘘やはったりをいったところで一文の得にもなりませんや」

ううむ、と市之丞は腕を組んだ。

「もしかしたら、千太郎さんの身になにか危険が迫っているのではないかと……」

「な、なに！　危険が！」

市之丞は、いきなり刀の柄に手をかけた。

「ちょっと待ってください。こんなところで刀を抜かれても困ります」

「お……これは失礼。少し興奮した」

「ですからね、市之丞さまとやら……この際ですから一緒に探しに行くというのはどうです？」

「なに……？　居場所はわかっておるということか」

「もちろんです」

「ならば、行くぞ、私も連れていけ」

「では、ご一緒に」

「よし……」

市之丞は、刀の柄からようやく手を放した。

「で、どこに行くのだ」

「奥山でいま人気が出ている、遊技団という芝居小屋です」

「芝居小屋？」

「見に行ったまま帰ってこないのです」

「居続けしておるというのか」

「まさか……吉原じゃぁありませんや」

「吉原では居続けするのか」

「ですから、そんなんじゃゃなくて……えぇ、じれってぇなぁ」

「なにをそんなに息巻いておるのだ」

「ですから、芝居を見に行ってそのまま帰ってこないということは、その芝居小屋でなにか危険な目にあったのではないかと……」

「ふむ……なるほど、そういうことか……」

「お侍さま……大丈夫ですかい？」

「なにがだ」

「もういいです……」

弥市は、侍でもこんなぼんくらは見たことがねぇや、という目つきで市之丞を見つめた。当の本人はそんな目つきにも気がつかないのだろう。

歩きながらも、周囲をきょろきょろ見回している。

「市之丞さん……といいましたね……こんなところにはいませんよ」

「……違うのだ」

「なにが違うんです？」

「別の者を探しておる」

「千太郎さんを探しに来たんじゃねぇんですかい？」

弥市はあからさまに呆れている。

「いや、もちろん千太郎さまを探しておるのだ。だが、また違う人も探しておるのだ。わかるか」

「わかりません」

「お前……頭は大丈夫か？」

「……いわれる筋合いはありませんや」

「よいか……弥市親分さん」

「やたらていねいに呼ばなくてもいいです」

「そうか、では親分さん……私は千太郎さまとほかにも人捜しをしているのだ、だから忙しくてな……」

照れながら喋る市之丞を見て弥市は、とうとう大きな声で笑いだした。

「あなたさまは、面白い方ですねぇ」

「ん？　そうか？」

「千太郎さんとはどういう繋がりなんです？　あの方は自分を忘れてしまったと言い続けていますが、どうもあっしは近頃それは嘘なんじゃねぇかと思い始めているんでさぁ」

突然、市之丞の顔が引き締まった。

「うむ、まぁ、どうだか私は知らぬ」

「なにか、隠密のような仕事でもしているのではねぇかと」

「隠密だって？」

「そうでなければあんなに謎解きがうまいはずがねぇでしょう。ただ者じゃぁねぇと日頃から思っているんですがね」

「なるほど……そういう見方もあるのだな」

「というと、隠密ではないと？」

「……はっきりとは申せぬ」

　突然、口を閉じてしまった市之丞に弥市は口を尖らせ、

「どうしてあの千太郎さんのことになると口が重くなるんです？　なんか臭ぇなぁ。どこぞの殿さまが逃げたとかそんなんじゃねぇでしょうねぇ」

「ば、ばかなことをいうでない！」

　突然、大声を出して市之丞は、先に歩き始めてしまった。

　奥山に着くと、弥市は市之丞と一緒に遊技団の小屋の前に立った。

「ここがそうか」

　市之丞が、落ち着かない。

「あまりうろつかないでくださいよ」

「なぜだ」

「もし危険なことが起きたとしたら、敵がいるかもしれません」

「そうか……こちらの動きがばれたら困るな」

「気づかれたら、ただの客だという顔をしてください」

市之丞は、よしといって口を半開きにした。弥市はそんな素直な市之丞に、笑いだしてしまった。

「なんだ、どうした？」

「お侍さまは、やはり千太郎さんの仲間らしい」

意味がわからぬという顔つきで、市之丞は弥市の言葉を怪訝そうに聞いている。

「いえね、まぁ……いいです。説明してもしょうがねぇ」

弥市は、とにかくなかに入りましょう、と蓆がけになっている入り口を潜った。

なかに入って千太郎の姿を探すが、どこにもいない。

弥市は隅から隅へとぐるりと目を巡らせてみたが、それらしき侍の姿はない。周りの客とは異なる様子の武家娘らしき姿が目に入ったが、そばに千太郎はいない。

「どこに雲隠れしたものやら……」

弥市は独り言をいいながら、通路を歩き回った。

ちょうどいまは休憩時間。そのために人の出入りが激しいので、じっくりと探すことができない。

「親分さん、どうする。この人では探すのは大変だ」

「客席にはいねぇようです」

「すでに帰ってしまったのかもしれぬな」

「すれ違いで帰ったということもあるにはあるでしょうが」

「どうしたのだ」

「それより、千太郎さんがわざわざあっしを呼びつけています。黙って帰るとは思えません」

「なるほど……ということはまだこの近くにいるに違いない」

「へぇ、そう考えたほうがしっくりきやす」

「ならば……」

市之丞は、そういうと弥市に二手に分かれようと進言した。

「そうですね。なにも雁首揃えて一緒にいることはねぇ。では、あっしは外周りを探してみます」

「よし、ならば私は……そうだな舞台裏を探ってみよう」

「気をつけてくだせぇよ。なにが起きてるのかまだはっきりしていねぇんですから。この遊技団にはなにか怪しいところがある、と千太郎さんが睨んだからあっしを呼びつけたのです。危険だ……」

「心配はいらん。これでも武士だ」

市之丞は、唇を引き締めた。

五

千太郎は捕らえられていた。

気がつくと縄で縛られていた。楽屋の一室らしい。遊技団の楽屋にこんな場所があるとは誰も気がつくまい。

床に転がされているのだが、そばに人がいるようで会話が聞こえてきた。

気がついていない振りをしながら、千太郎はその話の内容を聞いていた。

それによると、なんと遊技団は子どもを誘拐して、それを外国に売る算段をしているではないか。

子どもたちを神隠しのようにさらっていた目的はそこにあったのか、と千太郎は背筋を凍らせた。

しかし、その会話を聞きながら千太郎は首を傾げている。

「無理だな」

思わず声が漏れてしまった。

敵のひとりがその声を聞きつけたらしい。

「なにかいうたぞ、こいつ……」

「本当か」

「試しに水をぶっかけろ」

目をつぶりながら声を聞き分けた。三人いるらしい。

ひとりが近づいてきた足音が聞こえたと思ったら、頭から背中にかけて水を浴びせられた。

「う！　なにをする風邪を引くではないか」

「……とぼけた野郎だ」

目を開くと、目の前に立っていたのは馬であった。いや、顔の部分を外しているので、下半身は馬で顔だけが人間だった。

「やはり目が覚めていたのだな？」

「…………」

「なにが無理なのだ?」

「子どもをさらったのはいいが、それを外国に売るなどそうそう簡単にできることではあるまい?」

「……しかし、親分がそういうのだ」

「ほう……親分がおるのか」

上目で馬を見つめる。

喋りすぎたと気がついたらしい。顔を歪ませると、

「ち……おめぇはどこの誰だ!」

「骨董、目利きの千ちゃんだ」

「……なんだと!」

腹を思いっきり蹴飛ばされた。息が詰まり体を丸めたが、今度は背中に足が飛んできた。

「う……」

千太郎は押し殺した声で呻いた。馬は匕首《あいくち》を首に当てて、

「誰に頼まれたのだ」

千太郎は答えない。第一苦しくて声が出ない。

「……ふん、まぁいい。ここを知られた限りは命はねぇと思え」

「それは困る。私は祝言を控えておるのだ」

「け……」

馬は鼻で笑うと、ぐい、と千太郎の首に切っ先を押し付ける。血の筋が流れた……。

それを見て馬は、またふんと鼻を鳴らした。

「こんな野郎が潜り込んでいるとはおかしい。少し見回りをしてくる」

馬は千太郎から離れた。

そこに、さきに千太郎に気絶させられた猿が戻ってきた。千太郎の顔を見ると、

「てめぇ……さっきはよくもやりやがったな」

顔を張り倒された。

「う……」

「ふん、ざまぁみやがれ。今度はこうだ」

猿は千太郎の背中を蹴飛ばした。

市之丞が楽屋裏周辺をうろついていると、子どもの泣き声が聞こえてきた。

不審に思って、声を頼りに進み、楽屋の一室らしい前にきた。声は一段と高く聞こえてくる。押しても引いても扉は開かない。

廊下の角に隠れて様子を見ていると、おかしな浪人が捕まったという声が聞こえて、市之丞は体を固くする。

がたんと音がして壁から人が出てきた。

市之丞は咄嗟に柱の陰に身を隠した。

「そうか、あれはどんでん返しだな」

芝居小屋でよく使われていると聞いたことがある。舞台ではなく、まさかこんな場所でこのような仕掛けがあるとは……。

「これは確かに怪しい……」

さらに市之丞は、目を丸くする。

壁から猿が出てきたのである。

「あれは……本当に猿か?」

すぐ人がなかに入っていると気がついた。

被っている顔の部分を取ったのだ。

「ますます怪しい……」

市之丞は、自分に言い聞かせながら、猿の後をつけることにした。

弥市はひととおり小屋の外を回り終わると、今度は裏側から小屋のなかに潜り込んでいた。外周りはそれほど怪しげなところはなかったが、気になるものを見つけたのである。

「これは……？」

地面に小さな下駄が一足、右側のものだけが転がっていたのだ。

「どうしてこんなものが？」

客に子どもはいない。もしいたとしても探しに来るだろう、さらにおかしなことは、下駄が落ちていたところは人が出入りするような場所ではないことだ。

弥市は首を傾げた。

下駄を拾って、懐に入れる。周囲を見回しながら、眼を細め唇を引き締めると、弥市は筵がけになっている小屋の裏側からなかに潜り込んだのである。

楽屋を探して歩いていると、通路に出た。

数歩歩くとがたんという音がして、壁から動物が出てきて弥市は、息を呑んだ。

足が止まった。

そこがどんでん返しになっていることに気がついた。扉がくるりと回って、そこから出てきたのは動物ではない、猿の着ぐるみだ。

弥市は、その向こう側に着物の裾がちらちら見えていることに気がついた。市之丞に違いない。

市之丞は猿の後をつけていった。

ふたりの姿が消えたのを確認してから、さっきのどんでん返しの壁の前に立ち、手で押してみた。

ぎぃという音とともに壁が回った。


「あ！」

弥市は思わず声をあげた。目の前に千太郎がいたからだ。だが、全身縛られ横に転がっている。首には斬られたような傷があり、血がうっすらと滲んでいる。

「千太郎さん！」

呼ぶ声に反応して、千太郎は薄目を開き、

「ふむ……」

と返事をした。

だが声を出したのは、千太郎だけではなかった。

「誰だ、てめぇは！」

ごろつき風の尻端折りをした頬骨の張った男がいた。

「うるせぇ！」

叫んだ弥市に、頬骨男は一瞬驚き顔をしたが、

「ふん、威勢だけは良さそうだ」

匕首を取り出し、弥市に襲いかかってきた。

弥市は十手を取り出した。

「てめぇ、俺はこういう者だ！」

十手を見て頬骨男は一瞬怯《ひる》んだ。

その隙を弥市は見逃さない。振り上げた十手をそのまま男の脳天に叩きつけた。がんという嫌な音がして男はその場に転がった。

「お見事……」

転がったまま千太郎がにやりと笑った。

「こんなときに冗談をいってる場合ではありませんや」

千太郎をぐるぐる巻きにしていた縄をほどいて、弥市は千太郎の体を抱き起こした。

うううむ、と痛そうに背中や腰をさする。

「どうしたんです？」

「なに、ちと蹴飛ばされたのだ」

「なんてことを」

千太郎は体を折り曲げながら、やっと立ち上がって、近くに置かれていた刀を手にした。

と——。

そこに、猿が走ってきた。

後ろからは市之丞が忍び足のつもりか腰を曲げて入ってきた。

すでに千太郎は起き上がっている。手ぬぐいを取り出し、首の傷を拭いた。血がうっすらと赤く染めたが、

「これくらいならたいしたことではないな」

「若殿……」

思わず口をついたその呼び声に、千太郎はやめろ、と市之丞に目で合図を送る。

「あ……せ、千太郎さま！」

「こんなときにそんな四角い顔をしているでない」

「はぁ」

「相変わらず、惚《とぼ》け面だのう」

「これはしたり！」

ふたりが掛け合いをやっているところに、猿が叫んだ。足をがに股にして、偉そうに近づいてくる。

「なにをそんなところでごちゃごちゃやっているんだい」

千太郎が猿に体を向ける。

「ほほう……山猿がこんなところに出張っているとは知らなかった。さっき会った猿かな？　お前が山猿の大将であるか？」

「なんだと？」

顔だけ人間の猿姿は滑稽だった。

「顔猿だな」

「なに？」

「違うか、逆だったな、まぁよい」

のんびりした千太郎の言葉に猿男は顔を真っ赤にして怒り狂っている。

「赤くする場所が違うぞ」

「なんだと？」

「猿は尻が赤い」

ふざけるな、と叫んで猿が千太郎に向かって飛び込んできた。

「おっと、猿も木から落ちるというが、木はないので、舞台から落ちるといっておこうか」

ますます猿男は肩をいからせて、

「てめぇ！　死にやがれ！」

「だから祝言を控えた体で死ぬわけにはいかぬのだよ」

およそこの場にはそぐわない喋り方で、むん、と刀を横薙ぎにして、猿男の動きを牽制した。

「……てめぇ……」

思いがけぬ太刀筋の鋭さに、猿男はじりじりと後ろに下がり始めた。

「逃げるのか」

「ばかなことをいえ。足場を探したのだ」

「なるほど。ところで、お前たちはどこの誰だ。子どもたちをどこかに売ろうとしていたらしいが……おそらくそれは偽の話だろうがな」

「頼まれたのさ」

「そんな下らん頼みをするのは誰だ」

「…………」

「こんな格好をしているということは、清国か？」

「まさか、いくらなんでもそんなことをするわけがねぇだろう」

「そうだろうなぁ……はぁ、お前が本当の首魁《しゅかい》ではないな。後ろに誰かいるんだろう。誰だそれは？」

「そんなことをいえるわけがねぇ」

猿男はその格好のままだが、とんでもないほど敏捷な動きで、千太郎にふたたび飛びかかってきた。

しかし、千太郎の動きはそれ以上であった。

「きえ！」

猿男は、背中に隠していた長細い剣を抜いた。

「ほう……それはかの国の剣だな。珍しいものを持っておるものだ」

「うるせぇ！　よけいな話はいらねぇ！」

思いっきり天まで飛び上がろうかと思うほど、跳ねると、そのまま天井から落ちる勢いで、猿男は千太郎に打ちかかってきた。

千太郎はなんと下を潜って走り抜けた。恐るべき体技だ。

「猿の急所はここだろう！」

潜ったまま、剣先を天に突き立てた。

ぎゃ！

断末魔の声があがり、下半身が血だらけになった猿が落ちてきた。

六

千太郎が、猿男の傍に寄ると、やはり顔に血しぶきを浴びて赤くなった弥市が寄ってきた。

「どうしたのだ、その顔は」

「なに、ちょいとね」

目を後ろに向けると、数人の男たちが倒れている。ある者は清国風の着物を着ている。またある者は、大工のような格好をしている。

「ははぁ……そいつらは、敵だったのか」

「まぁ、ちょろいもんです」

「親分がそんなに強いとはなぁ」

「いえ……じつは」

といって、目を別のところに向けた。市之丞がはぁはぁいいながら刀の血振りをしていた。それを見て、千太郎はにんまりとして、

「ほほう……こんなときはあの者でも役に立つのだな」

「いやぁ、けっこうなお働きでした」

「それは重畳《ちょうじょう》」

千太郎は、市之丞を手招きする。

「いい働きであった」

「は……」

その主従のような態度に、弥市は目を疑う。

「あれ？　ふたりの関係はどういうんです？」

「まぁ、あまり気にするな」

「そういわれても気になりますよ。まるで殿さまと家来だ」

その弥市の言葉に、千太郎と市之丞は目を合わせて、わははと同じような声で大笑

いをしている。

「ありがとうございました……」

「おや……あんたは？」

弥市が眼を細めて訊いた。

「片岡屋さんに花瓶を持ち込んだものでございます……」

「あぁ……あんたが」

目の下の隈が目立つ女だった。

千太郎が女の前に行って、じろじろと不躾な目を送っている。弥市と市之丞は、そんな失礼なことをするな、と諭《さと》すが千太郎は態度を変えようとせずに、

「こんなよけいな男が出てきて計算が狂ってしまったかな？」

「はて、なんのお話でしょうか？」

女は目を伏せる。

「あんたはお袖さんだね？」

「はい」

「清国の花瓶を手にできるとは相当なものだ」

「いえ……それは単なる偶然でございます」

「ほう、偶然とは？」

「あるお屋敷の方からいただいたものです」

「その屋敷とは？」

「……それは内緒にしておいてくれと。つまり……」

「貧乏旗本、あるいは貧乏大名だからお金に替えたいのだということかな？」

「はい……じつは、下総に稲月藩というところがありまして……」

「なに？」

大きな声を出したのは、市之丞だった。

千太郎は手で市之丞を制して、お袖に先を続けさせる。

「その稲月藩からのものだと？」

「はい……あそこの若さまは無類の骨董好きで知られるお方です」

「ほう……」

千太郎はくすぐったい顔をする。

「ですが、その若さまが高額なものに手を出し過ぎて、藩の蔵が疲弊しているとのことです」

「ふむ」

「そこで、内密に私へお願いがあると……」

「それで頼まれて売ろうとしたと?」

「はい……」

お袖は、下を向いたままだ。

「それはそれは……」

千太郎は、いまにも大笑いをしそうな目つきで、

「その話はあまり納得できんなぁ」

「本当のことでございます。これだけのものを集められるのは、あの稲月の若殿しかおりませんからねぇ」

「それはそうだろうが。こんな話で誉められても本人はうれしくないと思うがな」

「なぜです?」

ようやくお袖は顔を上げた。

「ところで、お袖と申したが、お前はその稲月家の若殿の顔は見たことがあるのか」

「もちろんでございます」

「どんな男だ」

「まぁ……そうですねぇ……そのような若殿ですから、わがままな方で……お顔もそれほどでもありませんでしたねぇ」

「ほう……いい男と聞いておったが？」

「……それは嘘でございましょう。あまりおつむのほうもよろしくないかと。ですからお家を疲弊させたのでございましょう」

わはっは、と千太郎は大笑いをする。

「そうか、稲月家の若殿は、ばかでだめ男か」

大笑いが止まらない。

市之丞は、なぜかうんうんと頷いている。

弥市は、なぜ千太郎がそんなに大笑いをしているのかわからず、呆気にとられている。

「まぁいいだろう。どうせ若殿というよりは、ばか殿といわれるような男なのであろうなぁ」

「……はい」

お袖は、また顔を伏せた。

千太郎は、にやにやしながら、

「ところでお袖……」

「はい、なんでございましょう」

「お前はいつから女になったのだ？」

「はて？　なんのことでしょう」

「お前がそうやって、いつも顔を伏せているのは、じっくり顔を見られると困るからであろう？」

「なにをです？」

「髭だよ」

「は？」

「お前は目の下に黒くわざと隈のようなものを作っておる。それは、髭が濃くなったときにごまかすためであろう」

「なにを申しますのやら」

市之丞と弥市は目を丸くしてお袖の顔を凝視している。

千太郎はさらに追求を続けた。

「人というのは、特徴があるとそちらばかり見て、ほかのところには目を向けなくなるものだ。それをお前は狙ったのであろう」

「…………」

「お袖……いや、袖太郎か、袖次郎か。あるいは袖之助か……。こういう芝居をやっておるといくらでも化粧で顔をごまかすことができる。だからそんな女に化けて自分の正体を隠していたのだな？」

「……なにをおっしゃるのか……」

お袖の声が次第にしゃがれてきた。

「いい加減に正体を現したらどうだな？」

千太郎は、切っ先をお袖の喉仏にぴたりと向けて止めた。

ふっとお袖の動きがおかしくなった。それまでの女らしさがなくなり、男の体つきに変化したのだ。

「さすが、舞台に立つ人間だな」

「…………」

「ただの骨董屋の目利きだと思っていたのに……」

女のしわがれ声が男の声に変化した。どすのきいた声になり、次に手ぬぐいを取り出すと、顔の化粧を落とす。

「なるほどうまく化けるものだ」

千太郎は、驚きの目でお袖を見つめている。

「ふん……」

そうこうしている間に、市之丞の姿が見えなくなった。子どもたちを助けに行ったらしい。それをお袖は確認しながら、

「どうでもいいが……おめぇたちは何者だい」

「何者と訊かれても、こういう者だとはいえぬな」

「どうもただ者でない様子だが、まぁいいだろう」

「そういうお前はなんだ」

「あははは、お互いがお互いの素性を確かめあっているというのもまぬけな話じゃねぇかい……」

そのとき、弥市が大声で叫んだ。

七

「わかったぞ！　てめぇ、水舞いのお袖だろう！」

千太郎が、弥市に目を向ける。

「誰だそれは」

「女の格好をして、水を利用する盗賊でさぁ。稲月藩の城下で生まれ育ったと聞いてます。そういえば長崎のほうに行って、いまは江戸に来ているという噂があったが、まさか今度は清国風の役者に化けたとはなぁ」

「あはははは。とうとうばれたか」

「お袖という名前で気がつくべきだったが……そのたぬき面に騙されたぜ。本当の名は誰も知らねぇのだが、なんてぇ名前だ」

「あははは。さっき、このぼんやり侍が当てていたぜ」

「というと、袖太郎かい」

背を伸ばして水舞いのお袖こと、袖太郎はそっくり返って笑っている。

「まさか一発で名前を当てられようとはなぁ」

弥市は十手を扱いた。

「子どもたちをさらったのは、どういうわけだ」

「清国に売るのだ」

袖太郎は、頬を歪めた。

それに千太郎は反論した。

「違うな……そんなことができるわけがない。清国の格好をしたのはあくまでも町方へのめくらましだろう。本当はなんだ。全員を集めて身の代金でも要求をしようとしていたのか」

「は……さすがに目利きだ。そのとおりだ。あれだけまとめて子どもが消えたら、身の代金はすぐ出すだろう。それも大金をな……そう考えたのだが、まさか、あの長崎で手に入れた花瓶が本物かどうかを知りたいと思っただけで、こんなことになるとはなぁ……」

「悪事はいつまでも続けられるわけではないのだ」

「本当に感心するぜ。あんた大泥棒の素質があるなぁ」

「誉めてもらってありがたい」

本気かどうか、頭を下げる千太郎に、袖太郎は唇を歪ませながら、

「お前が誰でもかまわねぇ、死にやがれ！」

懐から長めの匕首を取り出した。

「なるほど、それも清国のものか。だがどこから手に入れたものやら……ははぁ……答えは長崎だな。あそこなら南蛮やら、清国からもいろんな商品を手にすることができる」

「畏れ入るぜ、あんたの頭には」

「どうやら当たったらしい……」

袖太郎は、匕首を構えて腰を落とした。

「ほう……喧嘩は強そうだ」

千太郎が茶々を入れながら青眼に構えた。いままでのへらず口には似合わないような凄みである。

袖太郎はそれを見て、顔を歪ませる。もっと楽に戦えると思ったのかもしれない。

だが、それで怯むような盗賊ではなかった。

「腕は強そうだがな……勝負は時の運だ」

「ふふ……」

さらに凄みが増した。

そのとき、どこかで火事だ！　という声があがった。

楽屋裏から火の手があがったらしい。盗賊とは関わりのない大道具や、小道具、それに役者たちも逃げ惑っている。

火の回りは早そうだ。気がついたらあちこちにどすん、ばたんという物が焼け落ちる音が聞こえてくる。

「火のなかの決闘だな」

「ち……」

「お前の夢も、これで火柱とともに焼け落ちるということだ」

「……うるせぇ」

袖太郎の体が動いた。匕首を構えたまま火の玉となって飛んでくる。

千太郎は、つつつと右に動くと、そのまま八双に構え直す。

「さすがに動きはいいぞ、その調子だ」

「なんだと？」

千太郎は相手の気持ちを揺るがそうとしている。だが、袖太郎は不敵に笑うと、

「ふん、その手には乗らねぇ」

袖太郎は、にやりと唇を歪ませながら、

「しかし……その剣さばきはその辺の棒振り剣法とは違うが」

「へぇ、わかるのかな」

「まぁ、あちこちで盗っ人に入っていると、殿さま剣法なども見る機会があるんだ。どうもそれに似ているんだが、それにしては強い。ほとんどの殿さまなんぞは、家来が負けてくれるから弱いのだが……」

「ふふふ」

千太郎の顔に炎の色が映って、どんどん凄惨になっていく。

弥市がそばで見ていて、身震いするほどだ。

市之丞は子どもを助けてひとところにまとめると、千太郎と袖太郎の戦いの成り行きを見守っている。

「子どもをそんなところに置いておくな。早く連れて逃げろ！」

その言葉に市之丞は、はっとして子どもたちの手を引いた。

すぐ弥市も続いて、子どもたちがばらばらにならないように追いかけた。

目線が動いたのを感じたのだろう、袖太郎が一直線に千太郎に向かって走ってきた。

千太郎は、動かない。

逃げると踏んでいたのだろう、袖太郎の目に訝しげな色が浮かんだ。

そのときであった。

しゃ！

千太郎が動いた。八双のまま袖太郎の動きを寸の間で見切って、

「子どもを使った手は許せん！」

切っ先が一閃し、袖太郎の肩口から腹にかけて斬り裂いた。

うわ！

袖太郎の体から血が噴き出し、そのままどうと倒れた。

「見ろ……お前の夢が落ちていく……」

倒れながら袖太郎は、千太郎が指さす方向を見つめた。

火事で燃え続ける舞台の柱が、火だるまになって落ちていく……。

八

さらわれた子どもたちは無事に親元に送り戻された。

「まったく……帰ってきたときは、煤だらけの顔をしていてなにごとかと思いましたよ」

治右衛門が、顔をしかめながら千太郎を叱りつけていた。

「いや、それはすまぬ」

「大人しくしていてくださいと何度も話をしているのに」

「いや、まぁ、こういうこともある」

「いつもでしょう」

「そうかなぁ」

火事のなかで戦ったことなど、どこ吹く風という雰囲気の千太郎に、治右衛門はため息をつくだけだ。

ただ猿に蹴飛ばされた背中が痛いと腰をときどき伸ばしたり曲げたりする姿が痛々しいが、治右衛門は同情しない。

治右衛門は、危険なことはするなと千太郎に小言を言い続けているが、千太郎が懐から取り出した物を見て、目を輝かせた。

「ちとな……戦利品というか、まぁ、こんな物があったので拾ってきたのだ」

「これは……桃剣ではないか！」

桃剣とは、中国古代に作られた木製の剣である。朝廷が儀式用に使ったとされているものだ。本物かどうかまではわからぬが、桃の木で作られていることは確かだった。

「……なるほど、このような物が手に入るなら、たまには暴れてくれてもよさそうだ」

片岡屋の庭にある桃の蕾《つぼみ》がちょうど開き始めていた。

由布姫は沈んだ顔で、大きく肩を落としている。

ここは、由布姫の屋敷の奥座敷。例によって志津がそばにいて同じように顔を伏せながら、涙を流していた。

「あの芝居小屋でやっと見つけたのに……」

由布姫が、袂で涙をぬぐっている。

「でも、火事ではどうしようもありません」

「そうですねぇ」

あのとき、千太郎の姿を小屋で見つけた由布姫は、小屋のなかにはいなくなったのを確かめ、外を回っていたのであった。だが、岡っ引きらしき男が警戒のためか歩き回っているだけで、侍の姿は杳として見えなかったのである。

そうこうしている間に、火事に巻き込まれそうになり、志津のところに戻り命からがら逃げ出してきたのであった。

「こうして私たちは一生すれ違いで終わってしまうのでしょうか？」

「姫さま……そんなことはありません。とにかく少しは進展しているではありませんか……」

「どこがです？」

「まずは顔をはっきり見ることができました。それまでは後ろ姿だけです」

「それはそうですが」

「これは凄いことです」

「そうなのですか？」

「そうなのです。現に私はあの方とは一度もあれからすれ違いもしてません」

「はぁ……そうですねぇ」

「ですから姫さまはお幸せなのです」

「そうですねぇ……」

由布姫は、なんとなく得心したような顔つきで、

「それにしても、あの火事のなかでかの人は大丈夫でしたでしょうか？」

自分たちは、火の手が回ってすぐ逃げ出した。しかし、あの人はまだなかにいたはずだ、と由布姫はいうのである。

「ご心配いりませんよ、あの方は不死身ですから」

「……？　どうしてそんなことがわかるのですか？」

「勘です」

「……志津……お前、どうにかなってはいませんか？」

「……わかりません」

志津は涙にくれ始めた。

それにつられて、由布姫は声をあげて泣きだした……。

三味線堀の稲月家下屋敷では源兵衛のしぶい声が響いていた。

「これ……市之丞」

「はい……」

源兵衛は眉をひそめ、口を歪め、腕を組んでいる。

「それで千太郎君はどうしたのだ」

「はい……」

「……どうしたのだと聞いておる。きちんと返答せぇ！」

大音量で源兵衛の声が市之丞の耳に轟いた。

「わ！　父上。なにもそんなに大きな声を出さずとも聞こえます」

「ならば、千太郎君はどこだ。儂があの片岡屋とか申す骨董屋を訪ねたときにはうまいこといいよって。若い女がなにか必死な顔つきをしていたからあのときは引き下がったが、今度はそうはいかぬぞ」

「はい」

「はいばかりいうておって、まったくお前という息子は……」

「じつは……火事場で戦いました」

「なに？　意味がわからぬ」

市之丞は、遊技団の話を源兵衛に語って聞かせた。

「ううう、なんてことを」

「いや、千太郎君は怪我を少ししただけで命に別条はありませんでした」

「当然だ。そんなことがあってたまるものか。若君が屋敷を抜け出して焼け死んだなどという話を誰にできるものか」

「ですから生きてます」

「そういう問題ではない！」

また源兵衛の大音量が轟き、うへぇ、と市之丞は首をすくめた。

「で、若君は今度こそ片岡屋なる店におるのだな」

「目利きをしております」

「仕事を聞いているわけではない！」

「は……」

源兵衛の機嫌の悪さは並大抵では戻らない。

「私もご一緒に……」

「当たり前だ……。お前がすべての元凶なのだ」

「そんな……」

源兵衛は目ん玉を引っくり返すほど市之丞を睨みつけて、

「行くぞ」

と立ち上がった。


徳之助が片岡屋に弥市と一緒に来て千太郎の前に座っていた。

「大山鳴動、そしてなんとやらでしたぜ」

「徳之助……まぁ、いい目を見たのであろう?」

千太郎の言葉に徳之助は、意味がわからぬという顔つきをする。

「梶山でうまいものをたくさん食べることができたであろう。酒も、それにいい下女たちもいたのではないのか?」

「まぁ、そんなところですか……」

えへへと笑う徳之助に、弥市は、苦々しい。

「まぁ、みんな無事でよかった」

「へぇ、本当ですねぇ」

そこに、玄関から大きな声が聞こえてきた。

「拙者、佐原源兵衛と申す者。こちらにおられる千太郎さまという御仁にお会いしたい。ぜひお取次を！」

その声を聞いて千太郎の尻が上がった。

「う……これはまずい。弥市、徳之助、なんとかあの老人を追い払ってくれ」

「理由がねぇとそうはいきませんや」

弥市はわざと意地の悪い顔をして千太郎を見つめる。

「ならばよい」

立ち上がると、訪《おとな》いの声を聞いて出てきたお弓の手を取り、

「お弓、これからふたりで道行《みちゆき》だ、付き合え！」

返答も聞かずに、千太郎はお弓の手を取って裏口から逃げ出した。

お弓は突然のことなのに、にやにやしながら、

「千太郎さん……道行の後は相対死にですか？」

「ばかなことをいうな！」

駆け足をしながら、千太郎は真面目な顔つきで答えた。それを見てお弓は、頬を緩

ませる。

「では、私の行きたいところがあるのですが……」

「どこだ、そこに連れて行け」

「いいのですか？」

「良い」

「では、日暮らしの里のほうに団子のうまい店ができたというのです。そこでよろしいですね」

「団子だと？」

「はい」

「……もうどこへでも連れて行け」

千太郎は、お弓の先を進みだした。

後を追いかけながら、お弓が叫んでいる。

「千さん！　そっちは反対ですよ！」

からすがかぁと鳴いた。

時代小説

二見時代小説文庫

夢《ゆめ》の手《て》ほどき　夜《よ》逃《に》げ若殿《わかとの》 捕物噺《とりものばなし》2

著者　聖《ひじり》 龍《りゅう》人《と》

発行所　株式会社 二見書房
東京都千代田区三崎町二-一八-一一
電話　〇三-三五一五-二三一一［営業］
〇三-三五一五-二三一三［編集］
振替　〇〇一七〇-四-二六三九

印刷　株式会社 堀内印刷所
製本　ナショナル製本協同組合

落丁・乱丁本はお取り替えいたします。
定価は、カバーに表示してあります。

 ISBN978－4－576－11059－2
http://www.futami.co.jp/

笑う永代橋　夜逃げ若殿 捕物噺9

聖龍人［著］

田安家ゆかりの由布姫が、なんと十手を預けられた！江戸下屋敷から逃げ出した三万五千石の夜逃げ若殿と摩訶不思議な事件を追う！　大人気シリーズ第９弾！

悪魔の囁き　夜逃げ若殿 捕物噺10

聖龍人［著］

事件を起こす咎人《とがびと》は悪人ばかりとは限らない。夜逃げ若殿千太郎君《ぎみ》は由布姫と難事件の謎解きの日々だが、ここにきて事件の陰で戦《おのの》く咎人の悩みを知って……。

牝狐《めぎつね》の夏　夜逃げ若殿 捕物噺11

聖龍人［著］

大店の蔵に男が立てこもり奇怪な事件が起こった！一見単純そうな事件の底に、一筋縄では解けぬ謎が潜む。千太郎君と由布姫、弥市親分は絡まる糸に天手古舞《てんてこまい》！

提灯《ちょうちん》殺人事件　夜逃げ若殿 捕物噺12

聖龍人［著］

提灯が一人歩きする夜、男が殺され埋葬された。その墓が暴かれて……。江戸じゅうを騒がせている奇想天外な事件の謎を解く！　大人気シリーズ、第12弾！

華厳の刃　夜逃げ若殿 捕物噺13

聖龍人［著］

夜逃げ若殿に、父・稲月藩主から日光東照宮探索の密命が届いた。その道中で奇妙な男を助けた若殿たち。これが日光奉行所と宇都宮藩が絡む怪事件の幕開けだった！

居眠り同心 影御用　源之助 人助け帖

早見俊［著］

凄腕の筆頭同心蔵間源之助はひょんなことで閑職に左遷されてしまった。暇で暇で死にそうな日々にさる大名家の江戸留守居から極秘の影御用が舞い込んだ！　第１弾！

朝顔の姫 居眠り同心 影御用2

早見俊［著］

元筆頭同心に、御台所様御用人の旗本から息女美玖姫探索の依頼。時を同じくして八丁堀同心の審死が告げられた…左遷された凄腕同心の意地と人情！ 第2弾！

与力の娘 居眠り同心 影御用3

早見俊［著］

吟味方与力の一人娘が役者絵から抜け出たような徒組頭次男坊に懸想した。与力の跡を継ぐ婿候補の身上を探れ！「居眠り番」蔵間源之助に極秘の影御用が…！

犬侍の嫁 居眠り同心 影御用4

早見俊［著］

弘前藩御馬廻り三百石まで出世し、かつて道場で竜虎と謳われた剣友が妻を離縁して江戸へ出奔。同じ頃、弘前藩御納戸頭の斬殺体が柳森稲荷で発見された！

草笛が啼《な》く 居眠り同心 影御用5

早見俊［著］

両替商と老中の裏を探れ！ 北町奉行直々の密命に居眠り同心の目が覚めた！ 同じ頃、見習い同心の源太郎が行き倒れの少年を連れてきて…。大人気シリーズ第5弾！

同心の妹 居眠り同心 影御用6

早見俊［著］

兄妹二人で生きてきた南町の若き豪腕同心が濡れ衣の罠に嵌まった。この身に代えても兄の無実を晴らしたい！血を吐くような娘の想いに居眠り番の血がたぎる！

殿さまの貌《かお》 居眠り同心 影御用7

早見俊［著］

逆袈裟魔《ぎゃくげさま》出没の江戸で八万五千石の大名が行方知れずとなった！ 元筆頭同心で今は居眠り番と揶揄される源之助のもとに、ふたつの奇妙な影御用が舞い込んだ！

信念の人　居眠り同心 影御用8

早見俊［著］

元筆頭同心の蔵間源之助に北町奉行と与力から別々に二股の影御用が舞い込んだ。老中も巻き込む阿片事件！同心の誇りを貫き通せるか。大人気シリーズ第8弾！

惑《まど》いの剣　居眠り同心 影御用9

早見俊［著］

居眠り番蔵間源之助と岡っ引京次が場末の酒場で助けた男の正体は、大奥出入りの高名な絵師だった。なぜ無銭飲食などをしたのか？これが事件の発端となり…。

青嵐《せいらん》を斬る　居眠り同心 影御用10

早見俊［著］

暇をもてあます源之助が釣りをしていると、暴れ馬に乗った瀕死の武士が…。信濃木曽十万石の名門大名家に届けてほしいとその男に書状を託された源之助は…。

風神狩り　居眠り同心 影御用11

早見俊［著］

源之助の一人息子で同心見習いの源太郎が夜鷹殺しの現場で捕縛された！濡れ衣だと言う源太郎。折しも街道筋を盗賊「風神の喜代四郎」一味が跋扈していた！

嵐の予兆　居眠り同心 影御用12

早見俊［著］

居眠り同心の息子源太郎は大盗賊「極楽坊主の妙蓮」を護送する大任で雪の箱根へ。父源之助の許には妙蓮絡みの奇妙な影御用が舞い込んだ。同心父子に迫る危機！

七福神斬り　居眠り同心 影御用13

早見俊［著］

元普請奉行が殺害され亡骸には奇妙な細工！向島七福神巡りの名所で連続する不思議な殺人事件。父源之助と新任同心の息子源太郎よる「親子御用」が始まった。

二見時代小説文庫

名門斬り 居眠り同心 影御用14

早見俊［著］

身を持ち崩した名門旗本の御曹司を連れ戻すという単純な依頼には、一筋縄ではいかぬ深い陰謀が秘められていた。事態は思わぬ展開へ！ 同心父子にも危険が迫る！

闇の狐狩り 居眠り同心 影御用15

早見俊［著］

碁を打った帰り道、四人の黒覆面の侍たちに斬りかかられた源之助。翌朝、なんと四人のうちのひとりが、寺社奉行の用人と称して秘密の御用を依頼してきた。

悪手《あくしゅ》斬り 居眠り同心 影御用16

早見俊［著］

例繰方《れいくりかた》与力の影御用、配下の同心が溺死した件を内密に調査してほしいという。一方、伝馬町の牢の盗賊が本物か調べるべく、岡っ引京次は捨て身の潜入を試みる。

朱鞘《あかさや》の大刀 見倒屋鬼助《みたおしやきすけ》 事件控1

喜安幸夫［著］

浅野内匠頭の事件で職を失った喜助は、夜逃げの家へ駆けつけて家財を二束三文で買い叩く「見倒屋」の仕事を手伝うことになる。喜助あらため鬼助の痛快シリーズ第1弾

隠れ岡っ引 見倒屋鬼助 事件控2

喜安幸夫［著］

鬼助は浅野家家臣・堀部安兵衛から剣術の手ほどきを受けた遣《つか》い手の中間《ちゅうげん》でもあった。「隠れ岡っ引」となった鬼助は、生かしておけぬ連中の成敗に力を貸すことに…。

濡れ衣晴らし 見倒屋鬼助 事件控3

喜安幸夫［著］

老舗料亭の庖丁人と仲居が店の金百両を持って駆落ち。探索を命じられた鬼助は、それが単純な駆落ちではないことを知る。彼らを嵌めた悪い奴らがいる…鬼助の木刀が唸る！